De kronieken van Oz

De Kronieken van Oz

Deel 2

Het Wonderlijke Land van Oz

Ahvô Braiths

Nur: 280

ISBN: 978-90-821782-6-5

www.kroniekenvanoz.nl

Oorspronkelijke titel: *The Marvelous Land of Oz*
Auteur: Lyman Frank Baum (*De Koninklijke Geschiedschrijver van Oz*)
Eerste publicatie: 1904

Eerste druk van deze vertaling: 2016
Deze uitvoering: 1ste druk 2016 – 2de oplage 2019
Illustraties: Monique Luiken voor DessinDestin
Redactie: Margreet de Roo voor Maneno tekstredactie
Vertaling: Jeroen van Luiken-Bakker
Uitgever: Ahvô Braiths, Beverwijk (the Netherlands)

'De Kronieken van Oz' bestaan uit de volgende delen:

De Wonderbaarlijke Tovenaar van Oz
Het Wonderlijke Land van Oz
Vreemde bezoekers uit Oz

Het Wokkelkeverboek
Ozma van Oz
Doortje en de Tovenaar in Oz

De Weg naar Oz
De Smaragd Stad van Oz
Het Lappenmeisje van Oz

Verhaaltjes uit Oz
Tik-Tak van Oz
De Vogelverschrikker van Oz

Rinkitink in Oz
De Verloren Prinses van Oz
De Blikken Houthakker van Oz

De Magie van Oz
Glinda van Oz
Lexicon en minibiografie

Foar Jeske Eline

meidat do
so moai en snoad
mei wurde
as
prinsesse Ozma

Van de vertaler:

Hier is het dan, het eerste nooit eerder in het Nederlands verschenen Oz-boek van de Amerikaanse schrijver L. Frank Baum en hopelijk het eerste van een lange en mooie reeks. Ik ben er trots op en het doet mij meer vreugd dan ik kan zeggen dat het nu toch eindelijk zover heeft mogen komen. Dat het maar vele kinderharten mag verblijden.

Mijn onmetelijke dank gaat uit naar eenieder die deze publicatie heeft mogelijk gemaakt.

David C. Montgomery als de Blikken Man

&

Fred A. Stone als de Vogelverschrikker

Voor die excellente en goede kerels
en
uitstekende komedianten

David C. Montgomery

en

Fred A. Stone

Wiens briljante personificaties van

de 'Tin Woodman'

en

de 'Scarecrow'

door vele duizenden kinderen over het hele land
met groot genoegen werden aanschouwd,

dit boek is met grote dankbaarheid
aan hen opgedragen door de auteur.

Opmerking van de auteur:

Na de publicatie van de *De wonderbaarlijke tovenaar van Oz* begon ik brieven van kinderen te ontvangen die mij vertelde over het plezier dat zij beleefd hadden aan het verhaal en ze vroegen mij om "meer te schrijven" over de Vogelverschrikker en de Blikken Man. In het begin beschouwde ik deze brieven, eerlijk en oprecht als ze waren, als kleine complimentjes, maar de brieven bleven komen gedurende de volgende maanden, en zelfs jaren.

Uiteindelijk beloofde ik een jong meisje genaamd Dorothy, dat een lange weg had afgelegd om mij te zien, dat ik haar verzoek zou inwilligen en het boek zou gaan schrijven als duizend meisjes míj zouden schrijven en vragen om nieuwe verhalen over de Vogelverschrikker en de Blikken Man. Of kleine Dorothy was een fee in vermomming en zwaaide met haar magische stafje, of het succes van de toneelproductie van *The Wizard of Oz* bracht het verhaal nieuwe vrienden. Het is namelijk zo dat de duizend brieven hun bestemming wel wisten te bereiken – en vele zouden hen volgen.

En nu, ondanks dat ik moet toegeven dat het veel langer heeft geduurd dan de bedoeling was, ben ik mijn belofte met dit boek nagekomen.

L. Frank Baum

Chicago, juni 1904

Voor de jongste lezers staan er in dit boek misschien wat lastige woorden, daarom staat er achter in dit boek een lijst waarin een aantal
woorden wordt uitgelegd. Woorden die in de lijst staan kan je gemakkelijk herkennen omdat ik ze heb <u>onderstreept</u>.

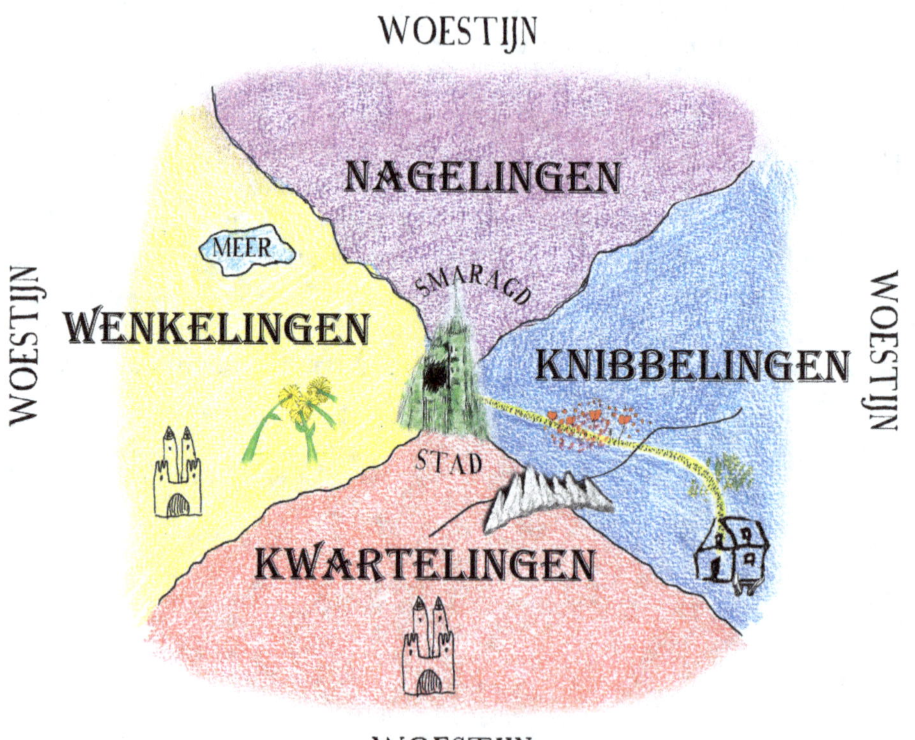

Inhoud:

Hoofdstuk 1:

Tip maakt

een

Sjaak'er Lampje

n het Land van de Nagelingen, dat in het Noorden van het Land van Oz ligt, woonde een jongen genaamd Tip. Er school meer in die naam dan je op het eerste gezicht zou vermoeden, want de oude Mombi verklaarde vaak dat zijn volledige naam Tippetarius was – maar er werd van niemand verwacht dat hij zo'n lange naam zou gebruiken als je ook kon volstaan met "Tip".

De jongen wist zich niets te herinneren van zijn ouders, want hij was al heel jong naar de oude vrouw, genaamd Mombi, gebracht, die hem had grootgebracht. De reputatie van Mombi, en het spijt me dit te moeten zeggen, was niet al te best. Het Nagelingenvolk had reden genoeg om te denken dat Mombi zich bekwaamde in de kunst van de magie, en kwam daarom liever niet in haar buurt.

Mombi was, om precies te zijn, geen heks, want de Goede Heks die dit deel van het Land van Oz regeerde had verboden dat andere heksen zich in haar domein ophielden. Dus realiseerde Tips voogd zich, hoe graag ze ook met magie werkte, dat het onwettig was om meer te zijn dan een Tovenares, of toch op zijn best een Toverkunstenares.

Tip moest hout uit het bos sjouwen, zodat de vrouw haar pot aan de kook kon brengen. Hij werkte ook in de graanvelden, schoffelde en pelde bollen, voedde de varkens en melkte de koe met de vier horens, die de trots van Mombi was.

Nu moet je niet denken dat hij alleen maar aan het werk was; hij dacht dat altijd maar werken slecht voor hem zou zijn. Als hij naar het bos moest, klom Tip vaak in de bomen om vogeleieren te bekijken of hij vermaakte zichzelf door achter de witte konijnen aan te rennen of door met een gebogen spijker te gaan vissen in een van de beekjes. Daarna haastte hij zich om armen vol hout naar huis te brengen. En als hij werd verondersteld om in de maïsvelden te werken, en Mombi hem door de grote stengels niet meer kon zien, wroette Tip vaak in de gaten van de grondeekhoorns, of – als hij er zin in had – deed hij een dutje tussen de rijen maïs. Door zichzelf niet uit te putten groeide hij op tot een sterke en goedgebouwde jonge knul.

De vreemde magie van Mombi beangstigde haar buren, die haar dan ook verlegen, maar wel met respect, bejegenden vanwege haar bizarre krachten. Maar Tip, om eerlijk te zijn, had een vreselijke hekel aan haar, en hij deed geen enkele moeite om dat te verbergen. Soms behandelde hij de oude vrouw met minder respect dan ze verdiende; ze was tenslotte wel zijn voogd.

Er lagen pompoenen in het maïsveld van Mombi, ze lagen er goudrood bij tussen de groene stengels; ze waren zorgvuldig geplant en verzorgd zodat de vier-hoornige koe ze gedurende de winter kon eten. Maar op een dag, nadat het maïs was gerooid en opgeslagen, toen Tip de pompoenen naar de stal droeg, kreeg hij het idee om een "Sjaak'er Lampje" te maken en de oude vrouw daarmee de schrik van haar leven te geven.

Hij zocht een geschikte, grote pompoen – eentje met een glanzende oranjerode kleur – en begon erin te snijden. Met de punt van zijn mes maakte hij twee ronde ogen, een driehoekige neus en een mond in de vorm van een halvemaan, met de punten in een grijns omhoog. Van het gezicht, toen het af was, kon strikt genomen niet worden gezegd dat het een mooi gezicht was, maar het had een brede grijns en dat gaf hem een jolige uitdrukking, zo jolig zelfs dat Tip zelf om zijn werk moest lachen toen hij er met bewondering naar keek.

Het kind had geen maatjes om mee te spelen, dus wist hij niet dat jongens vaak gezichten sneden in een "pompoensjaak" en die uitholden en kaarsen in de uitgeholde ruimte brandden om het gezicht nog schrikwekkender te maken, maar hij bedacht een plannetje dat minstens zo effectief was. Hij besloot om de vorm van een man na te maken, die de pompoen als hoofd zou dragen, en hij zou hem op een plek zetten waar de oude Mombi oog in oog met hem zou komen te staan.

"En dan," zei Tip lachend bij zichzelf, "zal ze harder gillen dan het bruine zwijn als ik haar aan d'r staart trek, en ze zal erger beven van schrik dan ik toen ik vorig jaar koorts had!"

Hij had tijd genoeg om zijn plan ten uitvoer te brengen, want Mombi was naar het dorp gegaan – om groente te kopen had ze gezegd – en het was een reis van ten minste twee dagen. Dus pakte hij zijn bijl en ging naar het bos. Hij selecteerde een paar sterke, rechte, jonge bomen die hij omhakte en die hij van alle twijgen en bladeren ontdeed. Hier zou hij de armen, benen en voeten van maken. Voor het lichaam ontdeed hij een grote boom van zijn bast en met veel hard werk maakte hij er een koker van, ter grootte van een torso, en met houten pinnen maakte hij de uiteinden aan elkaar vast. Terwijl hij fluitend en vrolijk doorwerkte bevestigde hij de ledematen aan het lichaam met houten pinnen die hij met zijn mes in vorm had gesneden. Tegen de tijd dat hij zijn werk had afgemaakt begon het donker te worden, en Tip herinnerde zich dat hij de koe nog moest melken en de varkens eten moest geven. Hij pakte de houten man op en droeg hem terug naar het huis.

Gedurende de avond, bij het licht van de haard in de keuken, maakte Tip de uiteinden van de gewrichten zorgvuldig rond en maakte hij de ruige stukken op een professionele en ambachtelijke manier glad. Toen zette hij de figuur tegen de muur en keek er bewonderend naar. Hij zag er opmerkelijk groot uit, zelfs voor een volgroeide volwassen man, maar dat was een pré in de ogen van een kleine jongen, en Tip had geen bezwaar tegen de omvang van zijn creatie.

De volgende morgen, toen hij weer naar zijn werk keek, zag Tip dat hij was vergeten om de dummy een nek te geven waarmee hij het pompoenhoofd aan het lichaam kon bevestigen. Dus ging hij weer naar het bos, dat niet ver weg was, en hakte van een boom een aantal stukken hout waarmee hij zijn werk kon afmaken. Toen hij terugkwam bevestigde hij het koppelstuk aan het bovenste eind van het lichaam en hij maakte een gat in het midden om de nek rechtop te houden. Het stuk hout dat de nek vormde was ook scherp gemaakt aan het boveneinde, en toen alles gereed was en Tip het pompoenhoofd op de nek stak en diep doorduwde, bleek het bijzonder goed te passen. Het hoofd kon zowel de ene als de andere kant op bewogen worden, net hoe hij het hebben wilde, en de scharnieren van de armen en benen kon Tip in elke willekeurig positie brengen die hij de pop maar wilde geven.

"Dat is nog eens," verklaarde Tip trots, "een echte nette man die de oude Mombi van angst flink zou moeten laten gillen! Maar het zou nog echter lijken als hij fatsoenlijk gekleed zou zijn."

Het bleek geen gemakkelijke taak om kleren te vinden, maar Tip doorzocht de grote kist waarin Mombi al haar hebbedingetjes en schatten bewaarde, en op de bodem vond hij uiteindelijk een paarse broek, een rood shirt en een roze giletvest met witte stippen. Hij nam alles mee naar zijn man en slaagde erin, hoewel niet alles even goed paste, om het gedrocht in deze vreemde kleren te steken. Een paar gebreide kousen van Mombi en een paar afgedragen schoenen van hemzelf maakten de garderobe van de man compleet, en Tip was zo verheugd dat hij op en neer begon te dansen en hij lachte hardop als een opgetogen kwajongen.

"Ik moet hem een naam geven!" riep hij. "Een man zo goed als deze moet toch een naam hebben. Ik denk," voegde hij er na even nagedacht te hebben aan toe, "dat ik de beste man 'Sjaak Pompoenstaak' noem."

Hoofdstuk 2:

Het Wonderlijke Poeder des Levens

adat hij er zorgvuldig over had nagedacht, besloot Tip dat in de bocht van de weg, een klein eindje van het huis, de beste plaats was waar Sjaak kon staan. Dus begon hij zijn man daarnaartoe te dragen, maar hij kwam erachter dat hij behoorlijk zwaar en nogal moeizaam te hanteren was. Na zijn creatuur korte tijd te hebben voortgesleept, zette Tip hem op zijn benen. Eerst boog hij de scharnieren van het ene been, en toen van het andere, en ondertussen duwde hij hem van achteren, en zo slaagde de jongen erin om Sjaak tot de bocht in de weg te laten lopen. Het ging niet zonder een paar keer te struikelen, en Tip werkte nu harder dan hij ooit in de velden of in het bos had gedaan, maar zijn liefde voor kattenkwaad bewoog hem om door te gaan, en hij schiep er genoegen in zijn vakmanschap uit te testen.

"Met Sjaak is alles in orde, en hij werkt prima!" zei hij bij zichzelf, hijgend van de ongewone inspanning die hij had geleverd. Maar toen ontdekte hij dat de linkerarm er tijdens de reis was afgevallen, dus liep hij terug om die te vinden. Daarna maakte hij een nieuwe en sterkere pin voor het schoudergewricht en hij repareerde de verwonding met zó veel succes dat de arm nu sterker was dan voorheen. Het was Tip ook opgevallen dat Sjaaks pompoenhoofd was gedraaid zodat hij nu achteromkeek, maar dat viel gemakkelijk te verhelpen. Toen de man, eindelijk, goed stond en naar de bocht van het pad keek waar de oude Mombi vandaan moest komen, zag hij er behoorlijk natuurgetrouw uit en had hij zo door kunnen gaan voor een Nagelingenboer, maar hij was onnatuurlijk genoeg om iedereen te laten schrikken die hem onverwachts gewaar zou worden.

Aangezien het nog te vroeg op de dag was om de oude vrouw terug te kunnen verwachten ging Tip naar beneden, de vallei in die aan de voet van de boerderij lag, en verzamelde noten van de bomen die daar groeiden.

De oude Mombi kwam echter vroeger thuis dan gebruikelijk. Ze had een ontmoeting gehad met een gekromde magiër die in een eenzame grot in de bergen verbleef en ze had diverse belangrijke geheimen in de magie met hem uitgewisseld. Zo wist ze drie nieuwe recepturen te bemachtigen, vier magische poeders en een selectie kruiden met bijzondere kracht en potentie. Ze strompel-

de naar huis zo snel als ze kon om haar nieuwe tovenarij uit te testen.
Mombi ging zo op in haar nieuw verworven schatten dat ze, toen ze
de bocht om kwam, slechts een glimp van de man opving, naar hem
knikte en zei:

"Goedenavond, meneer."

Maar amper een moment later, toen ze merkte dat deze persoon niet bewoog of antwoordde, keek ze hem eens doordringend aan
en ontdekte het pompoenhoofd – dat met zorg door Tips zakmes was
uitgesneden.

"Hèh," gromde Mombi, "de kwajongen haalt weer trucjes uit!
Heel goed! Hé-él erg goed! Ik sla hem bont en blauw omdat hij me zo
probeerde te laten schrikken!"

Boos hief ze haar stok om het grijnzende pompoenhoofd van
de romp van de dummy te slaan, maar een spontane gedachte hield
haar tegen, de stok bleef bewegingloos in de lucht hangen.

"Nou, daar is nog eens een buitenkansje om mijn nieuwe poeder te proberen!" zei ze gretig. "En dan kan ik zien of die magiër werkelijk oprecht was en zijn geheimen eerlijk deelde, of dat hij mij net zo
te grazen heeft genomen als ik hem."

Dus zette ze haar mandje neer en begon er onhandig in te frie-
melen op zoek naar een van de waardevolle poeders die ze had verworven.

Terwijl Mombi daarmee bezig was, kuierde Tip langzaam terug, met
zijn zakken vol noten, en hij zag de oude vrouw bij zijn man staan en
ze leek niet in het minst geschrokken te zijn.

Eerst was hij diep teleurgesteld, maar het volgende moment
werd hij nieuwsgierig naar wat Mombi aan het doen was. Hij verschool zich achter een heg, vanwaar hij het tafereel goed kon zien zonder gezien te worden, en hij stelde zich zo goed mogelijk op en keek.

Na even gezocht te hebben trok de vrouw een oud peperdoosje
uit haar mand. Op het vervaagde label had de tovenaar met potlood
geschreven: "Poeder des Levens".

"Ah, daar is het!" riep ze opgewonden. "Laten we eens kijken
hoe sterk het is. De vrekkige tovenaar gaf me er niet veel van, maar ik
denk dat er genoeg is voor twee of drie pogingen."

Tip, die als een luistervink de oude vrouw had afgeluisterd, was
erg verbaasd over wat hij hoorde. Toen zag hij dat de oude Mombi haar
arm omhoog deed en het poeder uit het peperdoosje over het pompoen-

hoofd van zijn vriend Sjaak strooide. Mombi deed dat op een manier zoals je ook peper over een gebakken aardappel zou strooien, en het poeder dwarrelde neer van Sjaaks hoofd via het rode shirt en het roze giletvest naar de paarse broek die Tip hem had aangetrokken, en een beetje viel zelfs op de gelapte en versleten schoenen.

Toen deed Mombi het peperdoosje terug in haar mand en hief ze haar linkerhand met de pink omhoog, en zei:

"Wieôgh!"

Toen hief ze haar rechterhand op, met de duim omhoog wijzend, en zei:

"Theeôgh!"

Toen hief ze beide handen met alle vingers uitgestoken omhoog en riep:

"Peeôgh!"

Sjaak Pompoenstaak deed daarop een stap achteruit en zei met een verwijtende stem:

"Schreeuw niet zo! Denk je soms dat ik doof ben?"

De oude Mombi, krankzinnig van geluk, danste om hem heen.

"Hij leeft!" schreeuwde ze. "Hij leeft! Hij leeft!"

Toen gooide ze haar stok in de lucht en ving hem weer op toen hij naar beneden kwam, en ze omhelsde zichzelf met beide armen, en ze probeerde de jig te dansen, en al die tijd herhaalde ze, dronken van geluk:

"Hij leeft! Hij leeft! Hij leeft!"

Je kunt er gerust van uitgaan dat Tip dit alles met grote verbazing observeerde.

Eerst was hij zo geschrokken en bang dat hij wilde wegrennen, maar zijn benen trilden en schudden zo erg dat het niet kon. Toen bedacht hij dat het grappig was dat Sjaak tot leven kwam, zeker gezien de uitdrukking op zijn gezicht, die zo grappig en komisch was dat die spontaan tot lachen aanzette. Toen hij zijn eerste schrik te boven was gekomen, begon Tip te lachen, en de vrolijke weerklank bereikte Mombi's oren en brachten haar ertoe snel naar de heg te strompelen, waar ze hem in de kraag vatte. Ze sleurde Tip terug naar waar ze haar mand had achtergelaten en de pompoenhoofdige man stond.

"Jij stoute, geniepige kwajongen!" riep ze kwaad. "Ik zal je leren om mij mijn geheimen te ontfutselen en mij voor schut te zetten!"

"Ik zette je niet voor schut!" protesteerde Tip. "Ik moest lachen om de oude Pompoenstaak! Kijk naar hem! Is het geen plaatje?"

"Ik hoop dat je niet aan mijn persoonlijke verschijning refereert," zei Sjaak, en het was zo grappig om zijn serieuze stem dit te horen zeggen terwijl zijn gezicht zijn vrolijke glimlach bleef houden, dat Tip weer in luid lachen uitbarstte.

Zelfs Mombi was niet zonder nieuwsgierigheid voor de man die door haar magie tot leven was gewekt, en toen ze hem even had staan aanstaren vroeg ze:

"Wat weet je allemaal?"

"Nou, dat valt moeilijk te zeggen," antwoordde Sjaak. "Want ik heb het gevoel dat ik erg veel weet, maar ik ben mij er nog niet van bewust hoeveel er in de wereld te weten valt. Het zal nog wel even duren voor ik ontdekt heb of ik wijs of dwaas ben."

"Zeker weten," zei Mombi bedachtzaam.

"Maar wat ga je met hem doen, nu hij leeft?" vroeg Tip, die het zich oprecht afvroeg.

"Daar moet ik eerst nog over nadenken," antwoordde Mombi. "Maar we moeten naar huis gaan, voor het donker wordt. Help die Pompoenstaak lopen."

"Laat mij maar," zei Sjaak, "ik kan net zo goed lopen als jullie. Heb ik dan geen benen en voeten, of zijn ze niet met elkaar verbonden?"

"Is dat zo?" vroeg de vrouw, die zich nu omdraaide naar Tip.

"Natuurlijk heeft hij die, ik heb 'm zelf gemaakt," antwoordde de jongen vol trots.

En zo vertrokken ze richting het huis, maar toen ze bij het boerenerf kwamen leidde de oude Mombi de pompoenman naar de koeienschuur en sloot hem op in een van de lege stallen, en van buiten deed ze de deur goed op slot.

"Ik moet eerst met jou afrekenen," zei ze, en ze knikte met haar hoofd naar Tip.

Toen hij dit hoorde werd de jongen onrustig, hij wist dat Mombi een slecht en wraakvol hart had, en dat ze er niet voor zou terugdeinzen om iets kwaadaardigs te doen.

Ze gingen het huis binnen. Het was rond en had een koepelvormige structuur, zoals bijna alle boerderijen in het Land van Oz.

Mombi gebood de jongen om een kaars aan te steken. Ondertussen zette ze haar mand in een kast en hing haar mantel aan een pin. Tip deed wat hem gezegd werd, want hij was bang van haar.

Toen de kaars aan was beval Mombi hem het vuur in de haard aan te maken, en terwijl Tip daarmee bezig was at de oude vrouw haar avondmaal. Toen de vlammen begonnen te knetteren ging de jongen naar haar toe en vroeg om een deel van het brood en de kaas, maar Mombi weigerde het hem te geven.

"Ik ben hongerig!" zei Tip mokkend.

"Je zult niet lang hongerig zijn," antwoordde Mombi met een akelige blik op haar gezicht.

De jongen voelde zich er ongemakkelijk bij, het klonk namelijk als een dreigement, maar hij herinnerde zich dat hij nog wat noten in zijn zak had zitten, dus kraakte hij er een paar en at ze op terwijl de vrouw opstond en de kruimels van haar schort schudde en een kleine zwarte ketel boven het vuur hing.

Toen nam ze gelijke delen melk en azijn en dit goot ze in de ketel. Vervolgens pakte ze verscheidene pakketjes met kruiden en poeders en begon ze in gedoseerde hoeveelheden aan de inhoud van de ketel toe te voegen. Af en toe keek ze bij het licht van de kaars op een geel papiertje en las ze het recept van het brouwsel dat ze aan het bereiden was.

Toen Tip haar zo bezig zag, voelde hij zich steeds ongemakkelijker worden.

"Waar is dat voor?" vroeg hij.

"Voor jou," antwoordde Mombi kortaf.

Tip schoof zenuwachtig heen en weer op zijn kruk en staarde naar de ketel, waarvan de inhoud begon te bubbelen. Toen keek hij naar het strenge en gerimpelde gezicht van de heks en wenste dat hij ergens anders was, het maakte hem niet uit waar, maar niet in de bedompte en rokerige keuken, waar zelfs de schaduwen die de kaars op de muur wierp voldoende waren om je de stuipen op het lijf te jagen. En zo ging er een uur voorbij; de stilte werd alleen onderbroken door het borrelen van de ketel en het knisperende geluid van de vlammen.

Uiteindelijk zei Tip weer wat.

"Moet ik dat spul drinken?" vroeg hij, met zijn hoofd in de richting van de pot knikkend.

"Ja," zei Mombi.

"Wat zal het met me doen?" vroeg Tip.

"Als het goed bereid is," antwoordde Mombi, "zal het je veranderen of transformeren in een marmeren standbeeld."

Tip kreunde en hij veegde met zijn mouw het zweet van zijn voorhoofd.

"Ik wil geen marmeren standbeeld zijn!" protesteerde hij.

"Dat maakt niet uit, ik wil dat je er één bent," zei de oude vrouw, en ze keek hem meedogenloos aan.

"Wat zal ik je dan voor nut zijn?" vroeg Tip. "Er is niemand om voor je te werken."

"Ik zal de Pompoenstaak voor me laten werken," zei Mombi.

Tip kreunde opnieuw.

"Waarom verander je me niet in geit of in een kip?" vroeg hij gespannen. "Je kunt niets met een marmeren standbeeld."

"O jawel, zeker wel," zei Mombi. "Ik ga een bloementuin planten, volgend voorjaar, en ik zal jou in het midden ervan zetten, als een ornament. Ik vraag me af waarom ik dat niet eerder heb bedacht, je bent me al jarenlang een blok aan het been."

Na het horen van zulke verschrikkelijke woorden brak het angstzweet hem uit over zijn hele lijf, maar hij zat stil, hij huiverde, en keek angstig naar de ketel.

"Misschien werkt het niet," mompelde hij met een zwak en ontmoedigd klinkende stem.

"O, maar het zal wel werken," antwoordde Mombi opgewekt. "Ik maak maar zelden een vergissing."

Opnieuw was er een periode van stilte – een stilte zó lang en zó naargeestig dat toen Mombi eindelijk de ketel van het vuur tilde het al bijna middernacht was.

"Je kunt het niet drinken tot het is afgekoeld," verkondigde de oude heks – want ondanks de wet had ze erkend dat ze hekserij bedreef. "We moeten nu beiden naar bed gaan, en bij het ochtendgloren zal ik je roepen en je transformatie tot een marmeren standbeeld afronden."

Hierop strompelde ze naar haar kamer, en ze nam de ketel met zich mee, en Tip hoorde de deur sluiten en op slot gedaan worden.

De jongen ging niet naar bed, zoals hem was opgedragen, maar hij zat te staren naar de gloeiende restanten van het uitgaande vuur.

Hoofdstuk 3:

De Vlucht van de Voortvluchtigen

ip zat te piekeren over zijn situatie.

Ik heb er een hard hoofd in om een marmeren standbeeld te zijn, dacht hij opstandig, en ik zal er niet bij staan te kijken. Al jaren ben ik haar een blok aan het been, zegt ze, dus zal ze zich van mij verlossen. Nou, er zijn wel gemakkelijkere manieren om dat te doen dan mij in een standbeeld te veranderen. Geen jongen zou er plezier aan beleven om voor altijd in het midden van een bloementuin te staan! Ik loop weg, dat is wat ik doe – en ik kan maar beter gaan voor ze mij dat verschrikkelijke spul uit de ketel laat drinken.

Hij wachtte af tot het gesnurk van de oude heks verkondigde dat ze diep in slaap was, en toen stond hij op en ging naar de kast en zocht iets te eten.

Het heeft geen nut om op reis te gaan zonder eten, besloot hij terwijl hij de smalle plankjes afzocht.

Hij vond wat korsten brood, maar hij moest in de mand van Mombi kijken om de kaas te vinden die ze uit het dorp had meegebracht. Terwijl hij door de inhoud van de mand rommelde stuitte hij op het peperdoosje dat het Poeder des Levens bevatte.

Ik kan dit maar beter met me meenemen, dacht hij, anders haalt Mombi er alleen maar meer rottigheid mee uit. Dus stopte hij het doosje in zijn zak, samen met het brood en de kaas.

Toen ging hij voorzichtig het huis uit en deed de deur in de klink achter zich dicht. Buiten schenen de maan en de sterren helder, en de nacht leek hem vredig en uitnodigend aan te doen nu hij de benauwde en stikkende keuken achter zich kon laten.

"Ik ben blij dat ik weg ga," zei Tip zachtjes, "ik heb de oude vrouw nooit gemogen. Ik vraag me af hoe ik ooit bij haar ben komen wonen."

Hij liep langzaam naar de weg toen een gedachte hem deed aarzelen.

"Ik vind het maar niks om Sjaak Pompoenstaak aan de genade van oude Mombi over te laten," mompelde hij. "Sjaak is immers van mij, ik heb hem gemaakt – zelfs al wekte de oude heks hem tot leven."

Hij maakte rechtsomkeert en liep naar de koestallen en opende de deur van de stal waar de pompoenhoofdige man was achtergelaten. Sjaak stond in het midden van de stal, en bij het maanlicht kon Tip zien dat hij nog steeds zo joviaal lachte als altijd.

"Kom mee!" zei de jongen en hij wenkte.

"Waarheen?" vroeg Sjaak.

"Zodra ik het weet, weet jij het ook," antwoordde Tip en hij glimlachte sympathiek naar het pompoengezicht.

"We hoeven er nu alleen nog maar vandoor te sluipen."

"Uitstekend," antwoordde Sjaak en hij liep vreemd zwalkend de stal uit het maanlicht in.

Tip draaide zich om richting de weg en de man volgde hem. Sjaak liep ietwat mank, en zo nu en dan bewoog een van de gewrichten van zijn benen naar achteren in plaats van naar voren, waardoor hij bijna moest struikelen. Maar het was de Pompoenstaak niet ontgaan, en hij begon zich beter in te spannen om voorzichtiger te lopen, dus bleef het bij slechts een paar ongelukjes.

Tip leidde hem langs het pad zonder ook maar een moment stil te staan. Ze konden geen snelheid maken, maar ze liepen gestaag door, en tegen de tijd dat de maan zonk en de zon over de heuvels klom hadden ze zo'n eind afgelegd dat de jongen niet hoefde te vrezen voor een achtervolging van de oude heks. Bovendien was hij eerst het ene pad ingeslagen en toen weer een ander pad, zodat als iemand hen zou volgen het bijzonder lastig zou zijn te raden welke weg ze hadden genomen en waar ze te vinden waren.

Denkend dat hij – op dit moment, voor even – ontsnapt was aan zijn lot en niet in een marmeren standbeeld hoefde te veranderen, stopte de jongen zijn metgezel en ging zelf op een steen langs de weg zitten.

"Laten we eens een ontbijtje nemen," zei hij.
Sjaak Pompoenstaak keek Tip curieus aan, maar weigerde om deel te nemen aan de maaltijd.

"Het lijkt erop dat ik niet hetzelfde gemaakt ben als jij," zei hij.

"Dat weet ik," antwoordde Tip, "want ik heb je gemaakt."

"O, is dat zo?" vroeg Sjaak.

"Zeker. En ik heb je in mekaar gezet. En ik heb je ogen, neus, oren en mond uitgesneden," zei Tip trots. "En ik heb je aangekleed."

Sjaak bekeek zijn lijf en leden eens kritisch.

"Het dunkt me dat je goed werk hebt geleverd," merkte hij op.

"Een beetje zo-zo," antwoordde Tip bescheiden, want hij begon verschillende gebreken aan de constructie van zijn man te zien.

"Als ik had geweten dat we samen zouden gaan reizen, was ik misschien wat kieskeuriger geweest."

"Maar dan," zei de Pompoenstaak op een toon die erop wees dat hij verbaasd was, "ben jij zeker mijn maker – mijn ouder – mijn vader!"

"Of bedenker," antwoordde de jongen met een lach. "Ja, mijn zoon, ik geloof dat je gelijk hebt!"

"Dan ben ik je mijn gehoorzaamheid verschuldigd," ging de man verder, "en jij bent mij je … ondersteuning verschuldigd."

"Dat is het, precies," verklaarde Tip, die opsprong. "Dus laten we verdergaan."

"Waar gaan we naartoe?" vroeg Sjaak toen ze de reis hervatten.

"Dat weet ik niet precies," zei de jongen, "maar ik denk dat we naar het zuiden gaan, en dan komen we vroeg of laat bij de Smaragd Stad."

"Welke stad is dat?" informeerde de Pompoenstaak.

"Welnu, het is het midden van het Land van Oz en de grootste plaats in heel het land. Ik ben daar zelf nooit geweest, maar ik heb van alles gehoord over zijn geschiedenis. Het werd gebouwd door een machtige en wonderbaarlijke Tovenaar genaamd Oz, en alles heeft er een groene kleur – precies zoals alles in het Land van de Nagelingen paars van kleur is."

"Is alles hier paars?" vroeg Sjaak.

"Maar natuurlijk is het dat. Kan je het niet zien?" antwoordde de jongen.

"Ik geloof dat ik kleurenblind ben," zei de Pompoenstaak nadat hij om zich heen had gekeken.

"Nou, het gras is paars, en de bomen zijn paars, en de huizen en hekken zijn paars," vertelde Tip. "Zelfs de modder in de straten is paars. Maar in de Smaragd Stad is alles wat hier paars is groen. En in het Land van de Knibbelingen, in het Oosten, is alles blauw, en in het Zuiden, het Land van de Kwartelingen, is alles rood, en in het Westen, het Land van de Wenkelingen, waar de Blikken Houthakker regeert, is alles geel."

"O!" zei Sjaak. Toen, na een kleine pauze, vroeg hij: "Zei je dat een Blikken Houthakker over de Wenkelingen regeert?"

"Ja, hij was een van de personen die Doortje hielp de Boze Heks van het Westen te vernietigen, en de Wenkelingen waren zo dankbaar dat ze hem uitnodigden hun leider te worden – precies zoals de mensen van de Smaragd Stad de Vogelverschrikker uitnodigden om over hen te regeren.”

“Goeie grutjes!” zei Sjaak. “Ik raak helemaal in de war van deze geschiedenis. Wie is de Vogelverschrikker?”

“Een andere vriend van Doortje,” antwoordde Tip.

“En wie is Doortje?”

“Zij is een meisje dat hiernaartoe kwam vanuit Kansas, een plek in de grote Buitenwereld. Ze werd door een grote cycloon naar het Land van Oz geblazen, en terwijl ze hier was waren de Vogelverschrikker en de Blikken Houthakker haar reisgenoten.”

“En waar is ze nu?” informeerde de Pompoenstaak.

“Glinda de Goede, die over de Kwartelingen regeert, heeft haar geholpen om terug naar huis te gaan,” zei de jongen.

“O. En wat kwam er van de Vogelverschrikker terecht?”

“Dat vertelde ik al. Hij regeert de Smaragd Stad,” antwoordde Tip.

“Ik dacht dat je zei dat die door een wonderbaarlijke Tovenaar werd geregeerd,” protesteerde Sjaak, die steeds verwarder leek te worden.

“Ja, dat zei ik. Als je goed oplet, zal ik het uitleggen,” zei Tip langzaam en hij keek de glimlachende Pompoenstaak recht in de ogen. “Doortje ging naar de Smaragd Stad om de Tovenaar te vragen haar terug naar Kansas te helpen komen, en de Vogelverschrikker en de Blikken Houthakker gingen met haar mee. Maar de Tovenaar kon haar niet terugbrengen, omdat hij niet zo veel Tovenaar was als hij wel had kunnen zijn. En toen werden ze boos op de Tovenaar, en dreigden hem te ontmaskeren, dus maakte de Tovenaar een grote ballon en ontsnapte daarin, en niemand heeft hem sindsdien nog gezien.”

“Nou, dat is nog eens een interessante geschiedenis,” zei Sjaak met genoegen, “en ik begrijp het helemaal – alles behalve de verklaring.”

“Daar ben ik blij om,” antwoordde Tip. “Na het vertrek van de Tovenaar maakten de mensen van de Smaragd Stad Zijne Majesteit de Vogelverschrikker hun koning, en ik heb gehoord dat hij een erg populaire heerser is.”

“Gaan we deze vreemde koning bezoeken?” vroeg Sjaak geïnteresseerd.

"Waarom ook niet," antwoordde de jongen, "tenzij je iets beters te doen hebt."

"O, nee, vaderlief," zei de Pompoenstaak. "Ik ga graag mee waar jij dan ook naartoe wilt."

Hoofdstuk 4:

Tip Experimenteert met Magie

e jongen, klein en fragiel van stuk, leek wat in verlegenheid te zijn gebracht doordat hij 'vader' werd genoemd door een grote, vreemde, pompoenhoofdige man, maar de verwantschap ontkennen zou een nieuwe lange en vervelende uitleg behoeven, dus veranderde hij van onderwerp en vroeg abrupt:

"Ben je moe?"

"Natuurlijk niet!" antwoordde de ander. "Maar," ging hij verder na een korte onderbreking, "het is zeker dat ik mijn houten gewrichten zal verslijten als ik blijf lopen."

Tip dacht, terwijl ze verder gingen, dat het waar was. Hij begon spijt te krijgen dat hij de ledenmaten niet preciezer en steviger had gebouwd. Hoe had hij moeten weten dat de man die hij slechts had gemaakt om de oude Mombi te laten schrikken tot leven gewekt zou worden door middel van een magisch poeder dat in een oude peperdoos zat?

Dus stopte hij zichzelf verwijten te maken en begon hij na te denken over hoe hij de gebreken aan de zwakke gewrichten van Sjaak kon verhelpen.

Terwijl hij in gedachten verzonken was kwamen ze aan bij de rand van een woud, en de jongen ging op een oud <u>zaagpaard</u> zitten, dat de een of andere houtbewerker had achtergelaten, om te rusten.

"Waarom ga je er niet bij zitten?" vroeg hij aan de Pompoenstaak.

"Is dat niet slecht voor mijn gewrichten?" wilde de ander weten.

"Natuurlijk niet. Het zal ze rust geven," verklaarde de jongen.

Dus probeerde Sjaak om te gaan zitten, maar zodra hij door zijn knieën boog, dieper dan normaal, gaven ze er de brui aan, en hij kwam met zo'n gekletter op de grond terecht dat Tip dacht dat hij helemaal geruïneerd was.

Hij haastte zich naar de man toe, zette hem op weer op zijn voeten, bracht zijn armen en benen weer op orde, en voelde of zijn hoofd misschien per ongeluk was gebarsten. Maar Sjaak scheen het er goed van afgebracht te hebben en Tip zei tegen hem:

"Ik denk dat je voortaan maar beter kunt blijven staan. Dat lijkt me de veiligste manier."

"Uitstekend, vaderlief, wat je zegt," antwoordde een glimlachend Sjaak, die niet in het minst van zijn stuk was gebracht door zijn val.

Tip ging weer zitten. En prompt vroeg de Pompoenstaak:

"Wat is dat ding waar je op zit?"

"O, dit is een paard," antwoordde de jongen achteloos.

"Wat is een paard?" vroeg Sjaak.

"Een paard? O, er zijn twee soorten paarden," antwoordde Tip. Een beetje verbluft zocht hij naar een uitleg. "Eén soort is levend en heeft vier benen en een hoofd en een staart. En de mensen rijden op zijn rug."

"Dat begrijp ik," zei Sjaak vrolijk. "Dat is het soort paard waar je nu op zit."

"Nee, dat is het niet," antwoordde Tip vlug.

"Hoezo niet? Deze heeft vier poten en een hoofd en een staart."

Tip bekeek het zaagpaard wat aandachtiger en zag dat de Pompoenstaak gelijk had. Het lichaam was gemaakt van een dikke boomstronk, en een tak stak nog uit aan het uiteinde en dat leek verdacht veel op een staart. Aan het andere uiteinde zaten twee grote knoesten die wel ogen leken, en er was een stuk weggehakt dat je gemakkelijk kon aanzien voor de mond van een paard. Wat de benen betreft, het waren vier rechte stukken die van dunne stammen waren gesneden en aan het lichaam waren vastgemaakt. Ze waren wijd gespreid zodat het zaagpaard stevig zou blijven staan als er een groot blok hout op gelegd werd om doorgezaagd te worden.

"Dit ding lijkt meer op een echt paard dan ik me had voorgesteld," zei Tip, die het probeerde uit te leggen. "Maar een echt paard leeft, draaft en steigert en eet haver, terwijl dit niets meer is dan een dood paard, gemaakt van hout, en waar houtblokken op werden gezaagd."

"Als het levend was, zou het dan ook draven, en steigeren, en haver eten?" informeerde de Pompoenstaak.

"Het zou, misschien, draven en steigeren, maar het zou geen haver eten," antwoordde de jongen, die om het idee moest lachen. "En natuurlijk kan het nooit levend zijn, omdat het van hout is gemaakt."

"Dat ben ik ook," antwoordde de man.

Tip keek hem verbaasd aan.

"Dat is waar!" riep hij uit. "En het magische poeder dat jou tot leven wekte zit hier in mijn zak."

Hij haalde het peperdoosje uit zijn zak en keek er nieuwsgierig naar.

"Ik vraag me af," zei hij mijmerend, "of het poeder het zaagpaard tot leven zou kunnen wekken."

"Als dat gebeurt," antwoordde Sjaak kalm – het leek wel alsof niets voor hem een verrassing was – "zou ik op zijn rug kunnen rijden, en dat zou voorkomen dat mijn gewrichten het zouden begeven."

"Ik zal het proberen!" riep de jongen uit en hij sprong overeind. "Maar ik vraag me af of ik de woorden die de oude Mombi gebruikte nog wel kan herinneren, en de manier waarop ze haar handen ophief."

Hij dacht er even over na, en omdat hij aandachtig vanachter de heg elke beweging van de oude heks had gadegeslagen, en goed had geluisterd naar haar woorden, geloofde hij dat hij exact kon zeggen wat zij had gezegd en nadoen wat zij had gedaan.

Dus begon hij met wat van het magische Poeder des Levens uit het peperdoosje over het lichaam van het zaagpaard te strooien. Toen tilde hij zijn linkerhand met de pink omhoog, en zei: "Wieôgh!"

"Wat betekent dat lieve vader?" vroeg Sjaak nieuwsgierig.

"Dat weet ik niet," antwoordde Tip. Toen deed hij zijn rechterhand, met de duim omhoog, omhoog en zei:"Theeôgh!"

"Wat was dat, lieve vader?" wilde Sjaak weten.

"Het betekent dat je stil moet zijn!" antwoordde de jongen, die geprikkeld was door de onderbreking van zó een belangrijk moment.

"Wat kan ik goed leren!" merkte de Pompoenstaak op met zijn eeuwige glimlach.

Tip hield nu beide handen boven zijn hoofd, met alle vingers uitgestoken, en riep met een luide stem: "Peeôgh!"

Ogenblikkelijk bewoog het zaagpaard, het strekte zijn benen, gaapte met zijn uitgehakte mond, en schudde een paar korrels van het poeder van zijn rug. De rest van het poeder scheen in het lichaam van het paard getrokken te zijn.

"Goed!" riep Sjaak, terwijl de jongen verbaasd stond toe te kijken. "Je bent een slimme magiër, lieve vader!"

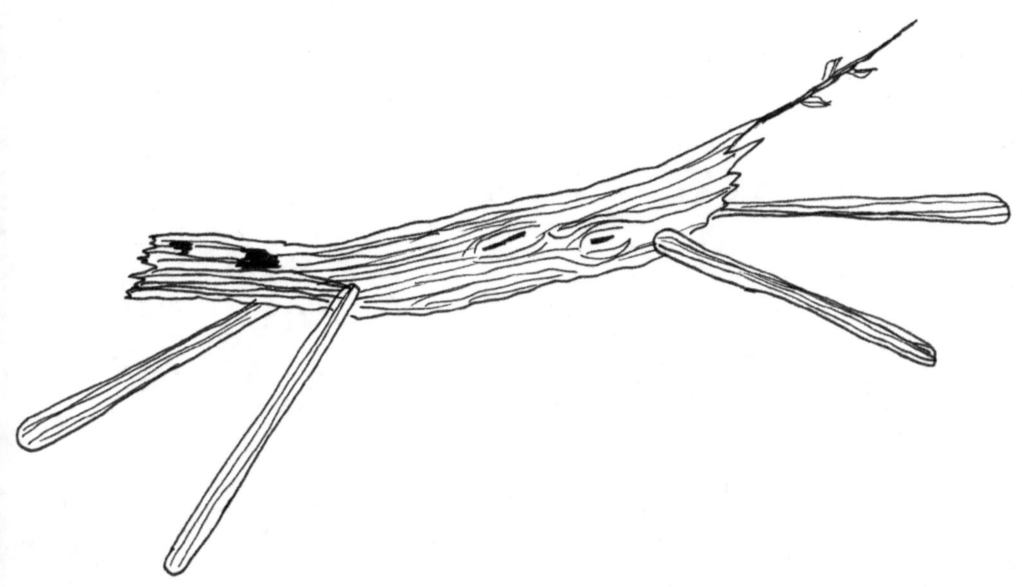

Hoofdstuk 5:

Het Ontwaken

van het Zaagpaard

et Zaagpaard, dat ontdekte dat het leefde, leek nog verbaasder dan Tip. Hij rolde zijn knoestige ogen alle kanten op, om een eerste verwonderlijke blik op de wereld, waarin hij nu een belangrijke plek innam, te werpen. Hij probeerde naar zichzelf te kijken, maar hij had geen nek om te draaien, zodat het in zijn streven zijn lichaam te zien alleen maar in cirkels ronddraaide, zonder ook maar een glimp ervan te kunnen opvangen. Zijn benen waren stijf en vreemd, want ze hadden geen kniegewrichten, en dus botste hij al snel tegen Sjaak Pompoenstaak en die tuimelde over het mos dat langs het pad groeide.

Tip was geschrokken door het ongeval, en ook door de aanhoudendheid waarmee het Zaagpaard in een cirkel rond bleef steigeren, dus riep hij luidkeels:

"Ho! Ho eens even!"

Het Zaagpaard schonk totaal geen aandacht aan dit bevel, en nog geen moment later kwam een van de houten benen met zo veel kracht neer op Tip zijn voet dat de jongen hinkend van de pijn naar een veilige afstand hinkte, vanwaar hij schreeuwde:

"Ho! Ho, zeg ik je!"

Sjaak had het nu voor elkaar gekregen zichzelf in een zittende positie te hijsen, en hij keek met veel interesse naar het Zaagpaard.

"Ik geloof niet dat het dier je kan horen," merkte hij op.

"Ik roep toch luid genoeg, nietwaar?" antwoordde Tip boos.

"Ja, maar het paard heeft geen oren," zei de glimlachende Pompoenstaak.

"Dat is waar!" riep Tip, die dit voor de eerste keer opmerkte. "Hoe moet ik hem dan tot bedaren brengen?"

Maar op dat moment stopte het Zaagpaard uit zichzelf; het was tot de conclusie gekomen dat het onmogelijk was om zijn eigen lichaam te zien. Tip zag hij echter wel en hij ging vlak bij de jongen staan en observeerde hem nauwkeurig.

Het was heel grappig om het wezen zo te zien lopen, want het bewoog zijn benen aan de rechterkant tegelijk, en de benen aan de linkerkant ook, zoals een paard met telgang doet, en dat zorgde ervoor dat zijn lichaam heen en weer bewoog als een wieg.

Tip klopte het op zijn hoofd, en zei: "Brave jongen! Brave jongen!" met een verleidende toon, en het Zaagpaard steigerde weg om met zijn uitpuilende ogen de vorm van Sjaak Pompoenstaak te onderzoeken.

"Ik moet een halster voor hem zien te vinden," zei Tip, en nadat hij even in zijn zakken had gezocht kwam hij op de proppen met een rolletje stevig koord. Terwijl hij het rolletje afwond benaderde hij het Zaagpaard en bond het koord om zijn nek, daarna bond hij het andere einde om een grote boom. Het Zaagpaard, dat deze actie niet begreep, stapte naar achteren en het koord knapte gemakkelijk, maar hij maakte geen aanstalten om weg te rennen.

"Hij is sterker dan ik dacht," zei de jongen, "en ook behoorlijk obstinaat."

"Waarom maak je geen oren voor hem?" vroeg Sjaak. "Dan kun je hem vertellen wat hij moet doen."

"Dat is een geweldig idee!" zei Tip. "Hoe ben je op die gedachte gekomen?"

"Maar, ik bedacht het niet," antwoordde de Pompoenstaak, "dat was niet nodig, want het is het simpelste en gemakkelijkste ding om te zeggen."

Dus pakte Tip zijn mesje en fabriceerde een paar oren van een stuk schors van een dunne boom.

"Ik moet de oren niet te groot maken," zei hij terwijl hij verder sneed, "anders zal ons paard nog een ezel worden."

"Hoezo dat?" informeerde Sjaak vanaf de kant van de weg.

"Hoezo? Omdat een paard grotere oren heeft dan een mens en een ezel grotere oren heeft dan een paard," legde Tip uit.

"Dus, als mijn oren langer waren, zou ik dan een paard zijn?" vroeg Sjaak.

"Mijn vriend," zei Tip ernstig, "jij zult nooit iets anders zijn dan een Pompoenstaak, en dan maakt het niet uit hoe groot je oren zijn."

"O," zei Sjaak en hij knikte, "ik denk dat ik het begrijp."

"In dat geval ben je een wonder," merkte de jongen op, "maar het kan geen kwaad te denken dat je het begrijpt. Ik denk dat de oren nu wel klaar zijn. Wil jij het paard vasthouden terwijl ik ze erop zet?"

"Zeker, als je mij helpt om overeind te komen," zei Sjaak.

Dus hielp Tip hem weer op beide benen te staan, en de Pompoenstaak ging naar het paard en hield zijn hoofd vast terwijl de jongen twee holletjes maakten met de punt van zijn mesje en de oren erin bevestigde.

"Ze maken hem wel aantrekkelijk," zei Sjaak bewonderenswaardig.

Maar deze woorden, die zo dicht bij het Zaagpaard werden gesproken en die bovendien de eerste woorden waren die het dier ooit hoorde, deden het dier van schrik naar voren stuiven, waardoor Tip de ene kant op struikelde en Sjaak de andere kant. Toen bleef het Zaagpaard vooruitsnellen alsof hij werd opgejaagd door het geluid van zijn eigen voetstappen.

"Ho!" riep Tip luid, terwijl hij zichzelf overeind hielp. "Ho! Jij idioot, ho!"

Het Zaagpaard besteedde er waarschijnlijk geen aandacht aan, maar op dat moment stapte hij met één been in het hol van een grondeekhoorn en viel hals over de kop op de grond, waar hij op zijn rug bleef liggen terwijl hij wanhopig met zijn vier benen in de lucht spartelde.

Tip rende naar hem toe.

"Een mooi paard ben je me daar!" zei hij. "Waarom stopte je niet toen ik 'ho!' riep?"

"Betekent 'ho!' dan stop?" vroeg het Zaagpaard met een verbaasde stem, en hij rolde zijn ogen omhoog om de jongen te kunnen zien.

"Natuurlijk betekent het dat," antwoordde Tip.

"En een hol in de grond betekent ook stop, toch, of niet?" ging het paard verder.

"Dat is waar, behalve als je eroverheen stapt," zei Tip.

"Wat een vreemde plek is dit," zei het dier alsof hij verbaasd was. "Hoe dan ook, wat doe ik hier eigenlijk?"

"Je bent hier omdat ik je tot leven heb gewekt," antwoordde de jongen, "maar het zal je geen pijn doen als je op mij let en doet wat ik je zeg."

"Dan zal ik doen wat jij me zegt," antwoordde het Zaagpaard nederig. "Maar wat gebeurde er zojuist met mij? Het voelt niet goed, op de een of andere manier."

"Je bent nu ondersteboven," legde Tip uit. "Maar als je die benen van je even stilhoudt, dan zet ik je weer keurig overeind."

"Hoeveel zijden heb ik eigenlijk?" vroeg het dier, die het zich werkelijk afvroeg.

"Verschillende," zei Tip kortweg. "Maar hou die benen even stil."

Het Zaagpaard werd nu rustig en hield zijn benen stokstijf, zodat Tip, na enkele pogingen, in staat was hem weer rechtop te zetten.

"O, maar nu lijkt alles weer normaal te zijn," zei het vreemde dier met een zucht.

"Een van je oren is gebroken," verklaarde Tip na een zorgvuldig onderzoek. "Ik zal een nieuwe moeten maken."

Toen leidde hij het Zaagpaard terug naar waar Sjaak zonder veel succes weer op zijn eigen benen probeerde te gaan staan, en nadat Tip de Pompoenstaak had geholpen om weer rechtop te staan fabriceerde hij een nieuw oor en bevestigde het aan het hoofd van het paard.

"Nu," zei hij tegen zijn ros, "goed opletten bij wat ik je ga vertellen. 'Ho!' betekent stoppen, 'Voort!' betekent vooruitlopen, 'Draf' betekent dat je zo snel als je kunt moet gaan. Begrepen?"

"Ik geloof van wel," antwoordde het paard.

"Heel goed. We gaan allemaal op reis naar de Smaragd Stad, om Zijne Majesteit de Vogelverschrikker te zien, en Sjaak Pompoenstaak zal op je rug rijden, dan slijten zijn gewrichten niet."

"Ik vind het niet erg," zei het Zaagpaard. "Wat jou schikt schikt mij."

Toen hielp Tip Sjaak op het paard.

"Hou je stevig vast," waarschuwde hij, "anders val je eraf en breek je je pompoen van een hoofd."

"Dat zou vreselijk zijn!" zei Sjaak met een huivering. "Waar zal ik me aan vasthouden?"

"Pak hem maar bij zijn oren," antwoordde Tip na een klein aarzeling.

"Nee, niet doen," wierp het Zaagpaard tegen, "anders kan ik niets horen!"

Dat leek redelijk, dus probeerde Tip iets anders te bedenken.

"Ik los het wel op!" zei hij uiteindelijk. Hij ging het bos in en sneed een korte tak van een jonge, sterke boom. Aan één uiteinde maakte hij een scherpe punt, en toen groef hij een holletje in de rug van het Zaagpaard, net achter zijn hoofd. Daarna nam hij een steen van langs de weg en hamerde de staak stevig in de rug van het dier.

"Stop! Stop!" schreeuwde het paard, "dat schokt vreselijk."

"Doet het pijn?" vroeg de jongen.

"Nee, niet echt pijnlijk," antwoordde het dier, "maar ik word bloednerveus van het geschok."

"Het is al achter de rug," zei Tip bemoedigend. "Sjaak, zorg dat je je goed vasthoudt aan deze staak, dan kun je er niet afvallen en je hoofd niet breken."

Zo gezegd zo gedaan en dus hield Sjaak zich stevig vast, en Tip zei tegen het paard:

"Voort!"

Het gehoorzame wezen liep meteen vooruit, schommelend van de ene naar de andere kant terwijl hij zijn benen van de grond tilde.

Tip liep naast het Zaagpaard, helemaal in zijn nopjes met deze nieuwe aanwinst voor het gezelschap. Hij begon spontaan te fluiten.

"Wat betekent dat geluid?" vroeg het paard.

"Let er maar niet op," zei Tip. "Ik fluit gewoon maar wat, en dat betekent dat ik het naar mijn zin heb."

"Ik zou zelf ook fluiten als ik mijn lippen kon samenbrengen," merkte Sjaak op. "Ik vrees, vaderlief, dat ik op sommige punten jammerlijk tekortschiet."

Na een aanzienlijke afstand te hebben afgelegd over een smal pad dat ze volgden werd de weg breder en was de bestrating gemaakt van gele steentjes. Aan de kant van de weg zag Tip een wegwijzer staan met het opschrift:

"NEGEN MIJLEN NAAR DE SMARAGD STAD"

Maar het werd donker, dus besloot hij deze nacht te kamperen in de berm langs de weg en de reis voort te zetten wanneer de morgen zou aanbreken. Hij leidde het Zaagpaard naar een grassige heuvel waar een groepje bomen op groeide, en hij hielp de Pompoenstaak voorzichtig af te stijgen.

"Ik denk dat ik je maar op de grond leg vannacht," zei de jongen. "Het is veiliger voor je op die manier."

"En ik dan?" vroeg het Zaagpaard.

"Blijven staan zal je geen kwaad doen," antwoordde Tip, "en aangezien jij niet kan slapen, kan jij mooi een oogje in het zeil houden zodat niemand ons komt storen."

Toen strekte de jongen zich uit in het gras naast de Pompoenstaak, en aangezien hij vermoeid was van de reis, viel hij snel in een diepe slaap.

Hoofdstuk 6:

De Rit van

Sjaak Pompoenstaak

naar de

Smaragd Stad

ij het krieken van de dag werd Tip gewekt door de Pompoenstaak. Hij wreef de slaap uit zijn ogen, baadde in een beekje, en at een stuk van zijn brood en kaas. Na zich aldus op de dag te hebben voorbereid zei de jongen:

"Laten we meteen gaan. Negen mijlen is nog een behoorlijke afstand, maar we zouden de Smaragd Stad tegen de middag kunnen halen als er geen ongelukken gebeuren."

Dus werd de Pompoenstaak weer op de rug van het Zaagpaard gehesen en werd de reis hervat.

Het was Tip opgevallen dat de paarse tint van het gras en de bomen nu was vervaagd tot een doffe lavendelkleur, en niet kort daarop begon het lavendelkleurige gras een groene zweem te krijgen die geleidelijk helderder werd naarmate ze dichter bij de grote stad kwamen waar de Vogelverschrikker regeerde.

Het kleine gezelschap had nauwelijks twee mijlen van de weg erop zitten toen de weg met de gele steentjes werd onderbroken door een brede, snelstromende rivier. Tip vroeg zich af hoe hij de oversteek moest maken, maar al snel ontdekte hij een man die met een pontje vanaf de andere kant van de stroom kwam aanzetten.

Toen de man de oever had bereikt vroeg Tip:

"Wilt u ons naar de overkant roeien?"

"Ja, als je geld hebt," antwoordde de veerman, wiens gezicht er geniepig en onaangenaam uitzag.

"Maar ik heb geen geld," zei Tip.

"Geen rooie cent?" informeerde de man.

"Geen rooie cent," bevestigde de jongen.

"Dan zal ik me de rug niet breken door jullie over te roeien," zei de veerman beslist.

"Wat een aardige man!" merkte de Pompoenstaak lachend op.

De veerman staarde hem aan, maar reageerde niet. Tip probeerde na te denken, want het was een grote teleurstelling voor hem dat zijn reis nu zo plotseling tot een einde kwam.

"Ik moet absoluut naar de Smaragd Stad gaan," zei hij tegen de schipper, "maar hoe kan ik de rivier oversteken als u me niet meeneemt?"

De man lachte, en het was geen prettige lach.

"Dat houten paard zal wel drijven," zei hij, "en je kunt hem berijden als hij oversteekt. Wat de pompoenhoofdige malloot die je bij je hebt betreft, laat hem maar zinken of zwemmen – het maakt niet veel uit wat je kiest."

"Maakt u zich maar geen zorgen om mij," zei Sjaak, die plezierig lachte naar de kribbige veerman, "ik ben er zeker van dat ik wel zal blijven drijven."

Tip dacht dat het de moeite van het proberen waard was en zag dat het Zaagpaard, dat niet wist wat gevaar betekende, niet tegen sputterde. Dus leidde de jongen het dier de oever af het water in en klom op zijn rug. Sjaak liep ook tot zijn knieën het water in en greep toen de staart van het paard vast, zodat hij zijn pompoenhoofd boven water kon houden.

"Let op," zei Tip, die het Zaagpaard instrueerde, "als je met je benen heen en weer wiebelt zul je waarschijnlijk zwemmen, en als je zwemt zullen we waarschijnlijk de overkant wel halen."

Het Zaagpaard begon meteen zijn benen heen en weer te wiebelen. De benen functioneerden als roeiriemen en de avonturiers maakten langzaam de oversteek. Hun trip was zo succesvol dat ze al snel, klets- en drijfnat, de grassige oever opklommen.

Tips broekspijpen en schoenen waren helemaal doorweekt, maar het Zaagpaard was zo goed blijven drijven dat de jongen vanaf zijn knieën omhoog helemaal droog was. Wat de Pompoenstaak betreft, zijn prachtige kleren waren doorweekt.

"De zon zal ons wel drogen," zei Tip, "en ,we zijn nu veilig aan de andere kant, wat de veerman ook zei, en we kunnen onze reis voortzetten."

"Ik vond het helemaal niet erg om te zwemmen, helemaal niet," merkte het paard op.

"Ik ook niet," voegde Sjaak eraan toe.

Al snel vonden ze de weg met de gele steentjes weer, die vrolijk verderging aan deze kant van de rivier, en hielp Tip de Pompoenstaak weer op de rug van het Zaagpaard.

"Als je snel gaat," zei hij, "zal de wind je helpen om je kleren te drogen. Ik zal de staart van het paard vasthouden en achter jullie aanrennen. Zo zullen we allemaal snel weer droog zijn."

"Dan moet het paard flink doorstappen," zei Sjaak.

"Ik zal mijn best doen," antwoordde het Zaagpaard vrolijk.

Tip greep het puntje van de tak die dienstdeed als staart van het Zaagpaard, en riep luid: "Voort!"

Het paard liep stevig door, en Tip kwam erachteraan. Toen besloot hij dat ze sneller konden, dus riep hij: "Draf!"

Nu herinnerde het Zaagpaard dat dit woord het bevel was om zo snel als hij kon te gaan, dus begon hij met hoge snelheid over de weg te stuiven, en Tip moest goed zijn best doen om op z'n benen te blijven staan – zo hard had hij nog nooit gerend.

Hij was al snel buiten adem, maar toen hij 'Ho!' naar het paard wilde roepen, merkte hij dat hij het niet uit zijn mond kreeg. Het uiteinde van de staart, die hij vasthield en die niet veel meer was dan een dode tak, brak plotseling af, en een moment later rolde de jongen door het stof van de weg, terwijl het paard en zijn pompoenhoofdige berijder ongehinderd doorgingen en in de verte verdwenen.

Tegen de tijd dat Tip zichzelf weer had hervonden en het stof uit zijn keel gekucht had zodat hij weer 'Ho!' kon roepen had dat al geen enkele zin meer, want het paard was allang uit het zicht verdwenen.

Dus deed hij het enige verstandige dat hij kon doen. Hij ging zitten en rustte eens goed uit, en daarna begon hij de weg weer te volgen.

"Op een goed moment zal ik ze zeker weer inhalen," bedacht hij, "want de weg zal eindigen bij de poorten van de Smaragd Stad, en dan kunnen ze niet verder."

Ondertussen hield Sjaak zich stevig vast aan de staak en het Zaagpaard scheerde over de weg alsof hij aan een wedstrijd deelnam. Geen van beiden wist dat Tip was achtergebleven, want de Pompoen-

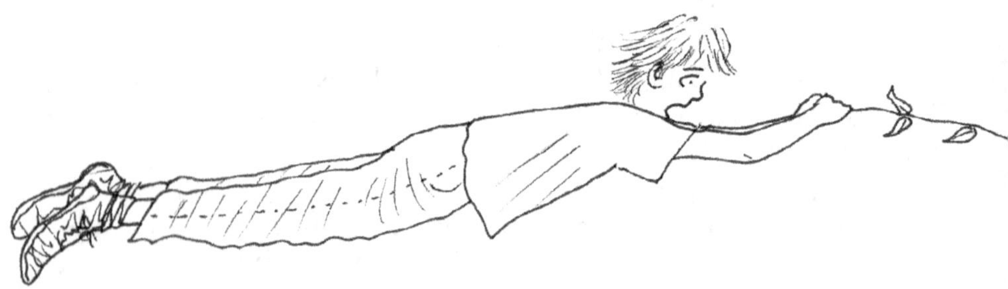

staak keek niet om en het Zaagpaard kon niet omkijken.

Terwijl hij reed, viel het Sjaak op dat het gras en de bomen stralend smaragdgroen waren gekleurd, dus verwachtte hij dat ze de Smaragd Stad naderden nog voor de spitsen en koepels van de stad zichtbaar waren.

Na een poosje doemde er een hoge muur van groene stenen, bezet met smaragden, voor hen op, en uit angst dat het Zaagpaard niet genoeg besef had om te stoppen en ze misschien beiden tegen de muur zouden smakken, bedacht Sjaak dat hij, zo hard als hij kon, 'Ho!' moest roepen.

Zo abrupt gehoorzaamde het Zaagpaard dat als Sjaak zich niet aan zijn staak had vast kunnen houden, hij voorover van het paard gevallen zou zijn en zijn gezicht zou helemaal geruïneerd zijn geweest.

"Beste vader, dat was me het ritje wel!" riep hij uit, en toen, toen hij niets terug hoorde, keek hij om en merkte voor het eerst dat Tip er niet was.

Dit opmerkelijke verlies vond de Pompoenstaak een raadsel, en het maakte hem onrustig. En terwijl hij zich afvroeg wat er met de jongen was gebeurd, en wat hij gezien de lastige omstandigheden moest doen, ging de toegangspoort in de groene muur open en kwam er een man naar buiten gelopen.

De man was kort en rond, met een dik gezicht dat bijzonder goed doorvoed leek. Hij ging gekleed in het groen en droeg een hoge, puntige groene hoed op zijn hoofd en hij droeg een groene bril voor zijn ogen. Hij boog voor de Pompoenstaak en zei:

"Ik ben de Bewaker van de Poorten van de Smaragd Stad. Mag ik u vragen wie u bent en wat u hier te zoeken heeft?"

"Mijn naam is Sjaak Pompoenstaak," antwoordde de ander met een glimlach, "maar wat ik zoek, daar heb ik geen flauw benul van."

De Bewaker van de Poorten keek heel verbaasd en schudde zijn hoofd afkeurend vanwege dit antwoord.

"Wat ben je, een man of een pompoen?" vroeg hij beleefd.

"Beide, als u het weten wilt," antwoordde Sjaak.

"En dit houten paard, leeft het?" vroeg de Bewaker.

Het paard rolde een knoestig oog naar boven en knipoogde naar Sjaak. Toen steigerde het en kwam met één been op de tenen van de Bewaker terecht.

"Au!" gilde de man, "Het spijt me dat ik het gevraagd heb. Maar het antwoord is zeer overtuigend. Heeft u enig doel, meneer, in de Smaragd Stad?"

"Het lijkt me van wel," antwoordde de Pompoenstaak serieus, "maar ik kan niet bedenken wat het is. Mijn vader weet er alles van, maar hij is niet hier."

"Dit is een vreemde zaak – heel erg vreemd!" verklaarde de Bewaker. "Maar je lijkt me vrij onschuldig. Mensen die het niet goed menen hebben niet zo'n aangename glimlach."

"Wat dat betreft," zei Sjaak, "ik kan niets aan mijn glimlach doen, hij is in mijn gezicht gesneden met een zakmes."

"Goed, kom maar binnen in mijn kamer," ging de Bewaker verder, "en dan zullen we eens kijken wat ik voor jullie kan doen."

Dus Sjaak reed het Zaagpaard door de poort de kleine kamer binnen die in de muur was gebouwd. De Bewaker trok aan een touwbel en prompt kwam er een lange soldaat – gekleed in een groen uniform – door de tegenovergelegen deur de kamer binnen. De soldaat droeg een lang groen geweer over zijn schouder en hij had een schattige groene baard die tot zijn knieën kwam. De Bewaker sprak ogenblikkelijk tegen hem, en zei:

"Hier is een vreemde meneer die niet weet waarom hij naar de Smaragd Stad is gekomen, en niet weet wat hij wil. Zeg eens, wat zullen we hem doen?"

De soldaat met de groene bakkebaarden keek Sjaak met veel interesse en nieuwsgierigheid aan. Uiteindelijk schudde hij zijn hoofd zo hard heen en weer dat er kleine golfjes door zijn baard gleden, en toen zei hij:

"Ik moet hem naar Zijne Majesteit de Vogelverschrikker brengen."

"Maar wat zal Zijne Majesteit de Vogelverschrikker met hem doen?" vroeg de Bewaker van de Poorten.

"Dat is een zaak van Zijne Majesteit," antwoordde de soldaat. "Ik heb zelf genoeg problemen. Alle problemen van buiten moeten worden overgelaten aan Zijne Majesteit. Dus zet een bril op de neus van deze beste man, en ik zal hem naar het koninklijk paleis brengen." Dus opende de Bewaker een grote kist gevuld met brillen en hij probeerde een paar voor Sjaaks grote ronde ogen te passen.

"Ik heb geen bril die werkelijk je ogen zal bedekken," zei de kleine man met een zucht, "en je hoofd is zo groot dat ik de bril moet vastbinden."

"Maar waarom moet ik een bril dragen?" vroeg Sjaak.

"Dat is hier gebruikelijk," zei de soldaat, "en dat zal voorkomen dat je wordt verblind door het glinsteren en stralen van de prachtige Smaragd Stad."

"O!" zei Sjaak. "Ga je gang, bind hem maar om. Ik wil niet blind worden."

"Ik ook niet!" viel het Zaagpaard hen in de rede, dus ook voor zijn bollige en knoestige ogen werd snel een passende bril gezet.
De soldaat met de groene bakkebaarden leidde hen door de binnenste poort en vrijwel direct stonden ze op de hoofdstraat van deze magnifieke Smaragd Stad.

Sprankelende groene edelstenen versierden de gevels van de prachtige huizen en de torens en wachttorens waren allemaal bezet met smaragden. Zelfs de groene marmeren bestrating glinsterde door de edelstenen, en het was inderdaad een adembenemend schouwspel voor wie het voor het eerst zag.

De Pompoenstaak en het Zaagpaard, die niets van weelde en schoonheid wisten, besteedden echter weinig aandacht aan de schoonheid die ze door hun groene brillen zagen. Kalm volgden ze de groene soldaat en hadden nauwelijks in de gaten dat ze door hordes groene mensen verbaasd werden nagestaard. Toen een groene hond op hen af rende en tegen hen blafte gaf het Zaagpaard hem ogenblikkelijk een schop met een van zijn houten benen en het kleine beestje ging jankend een van de huizen binnen, maar niets ernstigs onderbrak hun verdere reis naar het koninklijk paleis.

De Pompoenstaak wilde regelrecht de groene marmeren trap op rijden om naar de Vogelverschrikker te gaan, maar de soldaat stond dat niet toe. Dus Sjaak steeg met veel moeite af en een bediende leidde het Zaagpaard achterom terwijl de soldaat met de groene bakkebaarden de Pompoenstaak voorging naar binnen, door de hoofdingang van het paleis.

De vreemdeling werd alleen gelaten in een fraai gemeubileerde wachtruimte terwijl de soldaat hem ging aankondigen. Nu wilde het toeval dat Zijne Majesteit op dit uur wat vrije tijd tot zijn beschikking had en zich stierlijk verveelde en graag iets wilde doen, dus beval hij zijn bezoeker ogenblikkelijk naar zijn troonzaal te komen.

Sjaak voelde geen angst of schaamte vanwege zijn ontmoeting met de regent van deze magnifieke stad, want hij was zich totaal niet bewust van de wereldse gewoonten. Maar toen hij de zaal binnenkwam en hij Zijne Majesteit de Vogelverschrikker op zijn glinsterende troon zag zitten, stond hij stil van verbazing.

Hoofdstuk 7:

Zijne Majesteit,

de

Vogelverschrikker

k veronderstel dat elke lezer van dit boek wel weet wat een vogelverschrikker is, maar Sjaak Pompoenstaak, die nog nooit zo'n creatie had gezien, was verraster dan hij ooit geweest was door enige andere gebeurtenis uit zijn korte leven toen hij deze merkwaardige koning van de Smaragd Stad ontmoette.

Zijne Majesteit de Vogelverschrikker was gekleed in een pak met vervaagde blauwe kleuren en zijn hoofd was slechts een kleine zak gevuld met stro, waarop ogen, oren, een neus en een mond met grove streken waren geschilderd om als gezicht te dienen. De kleren waren ook gevuld met stro, dat was zo ongelijk of onzorgvuldig verdeeld dat de armen en benen van Zijne Majesteit er bobbeliger uitzagen dan nodig was. Aan zijn handen zaten handschoenen met lange vingers, en deze waren opgevuld met katoen. Sliertjes stro staken onder het jasje van de monarch uit, en ook langs zijn nek en aan de bovenkant van zijn laarzen waren sliertjes stro zichtbaar. Op zijn hoofd droeg hij een zware gouden kroon bezet met glanzende juwelen – door het gewicht van de kroon zat zijn voorhoofd vol rimpels en dat gaf zijn geschilderde gezicht een bedachtzame uitdrukking. Alleen de kroon straalde majesteitelijkheid uit, in al het andere was de Vogelverschrikkerkoning een simpele vogelverschrikker – schamel, vreemd en nietig.

Maar als de vreemde verschijning van Zijne Majesteit Sjaak al versteld deed staan, deed de verschijning van de Pompoenstaak daar niet voor onder bij de Vogelverschrikker. De paarse broek en het roze giletvest en het rode shirt hingen losjes over de houten gewrichten die Tip had geconstrueerd en het uitgehouwen gezicht op de pompoen grijnsde eeuwig, alsof de drager het leven als het joligste ding dat hij kon bedenken beschouwde.

Inderdaad, in eerste instantie had Zijne Majesteit gedacht dat de vreemde bezoeker hem uitlachte, en hij was geneigd om hem de stoutmoedigheid kwalijk te nemen, maar het was niet zonder reden dat de Vogelverschrikker de reputatie had opgedaan de wijste persoon in het Land van Oz te zijn. Hij bekeek zijn bezoeker nog eens aandachtig, en al snel kwam hij erachter dat de glimlach het gezicht van Sjaak was gegraveerd en dat hij niet bedroefd kon kijken, al zou hij het gewild hebben.

De Koning was de eerste die sprak. Na Sjaak enige minuten in ogenschouw te hebben genomen zei hij met een toon van verwondering:

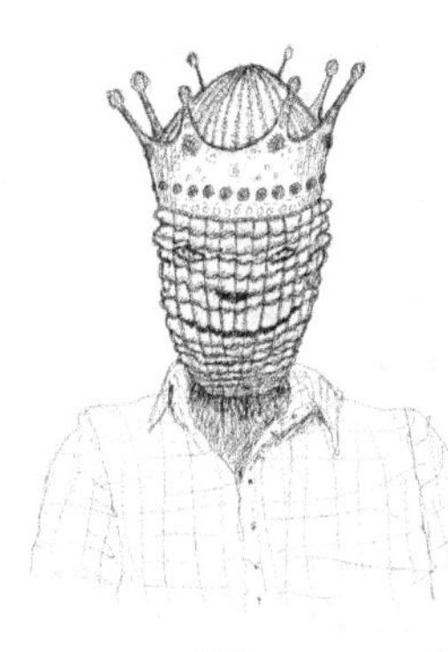

"Waar op de wereld kom jij vandaan, en hoe kan het zijn dat jij leeft?"

"Ik vraag Jouwe Majesteit om vergiffenis," antwoordde de Pompoenstaak, "maar ik begrijp je niet."

"Wat begrijp je niet?" vroeg de Vogelverschrikker.

"Nu, ik begrijp je spraak niet. Zie je, ik kom uit het Land van de Nagelingen, zodoende ben ik een buitenlander."

"O, maar dat is zeker!" verklaarde de Vogelverschrikker. "Ikzelf spreek de taal van de Knibbelingen, die ook de taal is van de Smaragd Stad. Maar jij, veronderstel ik, spreekt de taal van de Pompoenstaken?"

"Juist, zo is dat, Jouwe Majesteit," antwoordde de ander en hij maakte een buiging, "het is dus onmogelijk voor ons om elkaar te verstaan."

"Dat is onfortuinlijk, zeker," zei de Vogelverschrikker bedachtzaam. "We moeten een tolk hebben."

"Wat is een tolk?" vroeg Sjaak.

"Een persoon die zowel mijn taal als de jouwe verstaat. Als ik iets zeg kan de tolk jou zeggen wat ik bedoel, en wanneer jij iets zegt kan de tolk mij vertellen wat jij bedoelt. Want de tolk kan beide talen zowel spreken als verstaan."

"Dat is zeker heel slim," zei Sjaak, die erg blij was dat er zo'n simpele manier was om dit probleem op te lossen. Dus gaf de Vogelverschrikker de soldaat met de groene bakkebaarden de opdracht om onder de mensen te zoeken naar iemand die zowel de taal van de Nagelingen als de taal van de Smaragd Stad verstond, en die persoon ogenblikkelijk bij hem te brengen.

Toen de soldaat vertrok zei de Vogelverschrikker:

"Waarom ga je niet op een stoel zitten terwijl wij wachten?"

"Jouwe Majesteit vergeet dat ik je niet kan verstaan," antwoordde de Pompoenstaak. "Als je wilt dat ik ga zitten dan moet je mij een gebaar maken te gaan zitten."

De Vogelverschrikker kwam van zijn troon en schoof een armstoel in een positie achter de Pompoenstaak. Toen gaf hij Sjaak zó plotseling een duw dat hij spartelend op de kussens terechtkwam op zo'n vreemde manier dat hij dubbelsloeg als een zakmesje. Het was zelfs zo dat hij bijzonder goed zijn best moest doen om zichzelf uit de knoop te krijgen.

"Begreep je dat gebaar?" vroeg Zijne Majesteit beleefd.

"Perfect," verklaarde Sjaak, die zijn handen omhoog deed om zijn hoofd weer naar voren te draaien; de pompoen was op de stok waar hij op steunde in de rondte gedraaid.

"Je lijkt wat haastig gebouwd," merkte de Vogelverschrikker op, die naar Sjaak zijn pogingen om zichzelf te fatsoeneren keek.

"Niet meer of minder dan Jouwe Majesteit," was het oprechte antwoord.

"Er bestaat een verschil tussen ons," zei de Vogelverschrikker. "Ik buig, maar breek niet, en jij breekt, maar buigt niet."

Op dat moment kwam de soldaat terug met een jong meisje bij de hand. Ze leek erg lief en bescheiden, met een mooi gezicht en ze had mooie groene ogen en groen haar. Een nette groenzijden rok reikte tot haar knieën, en daaronder droeg ze zijden kousen met peultjes erop geborduurd, en ze droeg groene satijnen pantoffels met kropjes sla als versiering in plaats van een strik of een gesp. Op haar zijden middel waren klaverbladeren geborduurd, en ze droeg een luchtige kleine jas versierd met schitterende smaragden die allemaal even groot waren.

"Kijk nou eens, het is kleine Jellia Jamb!" riep de Vogelverschrikker uit toen het groene meisje haar prachtige hoofdje voor hem boog. "Mijn schat, versta jij de taal van de Nagelingen?"

"Ja, Uwe Majesteit," antwoordde ze, "want ik ben geboren in het Noordland."

"Dan zal jij onze tolk zijn," zei de Vogelverschrikker, "en aan deze Pompoenstaak uitleggen wat ik zeg, en ook leg je aan mij uit alles uit wat hij zegt. Is deze regeling acceptabel?" vroeg hij terwijl hij zich naar zijn gast wendde.

"Zeker, bijzonder acceptabel," was het antwoord.

"Vraag hem dan, om te beginnen," ging de Vogelverschrikker verder terwijl hij zich tot Jellia wendde, "wat hem naar de Smaragd Stad heeft gebracht."

Het meisje, dat naar Sjaak had staan staren, zei in plaats daarvan tegen hem:

"Je bent zeker een wonderlijk wezen. Wie heeft je gemaakt?"

"Een jongen genaamd Tip," antwoordde Sjaak.

"Wat zegt hij?" informeerde de Vogelverschrikker. "Mijn oren moeten me bedriegen. Wat zei hij?"

"Hij zei dat het verstand van Uwe Majesteit lijkt te zijn losgekomen," antwoordde het meisje ernstig.

De Vogelverschrikker bewoog ongemakkelijk op zijn troon en betastte zijn hoofd met zijn linkerhand.

"Wat fijn om twee verschillende talen te begrijpen," zei hij onthutst en hij zuchtte.

"Mijn lief kind, vraag hem of hij er bezwaar tegen heeft het gevang in te gaan wegens belediging van de regent van de Smaragd Stad.

"Ik heb je niet beledigd!" protesteerde Sjaak verontwaardigd.

"Toe–toe!" waarschuwde de Vogelverschrikker, "wacht tot dat Jellia mijn woorden heeft vertaald. Waar hebben we anders een tolk voor als je zo gehaast tekeergaat?"

"Prima, ik wacht," antwoordde de Pompoenstaak nors – al bleef zijn gezicht, zoals altijd, joviaal glimlachen. "Vertaal wat er werd gesproken, jonge dame."

"Zijne Majesteit informeerde of u honger heeft," zei Jellia.

"O, helemaal niet," antwoordde Sjaak wat plezieriger, "want het is voor mij onmogelijk om te eten."

"Het is voor mij hetzelfde," merkte de Vogelverschrikker op. "Wat zei hij, Jellia mijn schat?"

"Hij vroeg of u zich bewust bent dat uw ene oog groter is geschilderd dan uw andere," zei het meisje ondeugend.

"Geloof haar niet, Jouwe Majesteit," riep Sjaak.

"O, maar ik geloof haar ook niet," antwoordde de Vogelverschrikker kalmpjes. Toen wierp hij een scherpe blik op het meisje en vroeg:

"Weet je heel zeker dat je de talen van zowel de Nagelingen als de Knibbelingen verstaat?"

"Heel zeker, Uwe Majesteit," zei Jellia Jamb, die haar lachen probeerde in te houden in de aanwezigheid van de koning.

"Hoe kan het dan dat het lijkt of ik ze zelf ook versta?" informeerde de Vogelverschrikker.

"Omdat ze een en dezelfde zijn!" verklaarde het meisje, dat nu vrolijk moest lachen. "Weet Uwe Majesteit dan niet dat er in het hele Land van Oz maar één taal wordt gesproken?"

"Is dat inderdaad zo?" riep de Vogelverschrikker, die opgelucht was dat te horen. "Dan had ik gemakkelijk mijn eigen tolk kunnen zijn!"

"Het was allemaal mijn schuld, Jouwe Majesteit," zei Sjaak, die er wat beteuterd bij scheen te staan, "ik dacht werkelijk dat we een andere taal moesten spreken, aangezien we elk uit een ander land komen."

"Laat dat een waarschuwing voor je zijn om nooit meer na te denken," antwoordde de Vogelverschrikker streng, "want tenzij je wijs kunt denken is het beter om een dummy te blijven – wat je vrij- wel zeker bent."

"Zeker! Dat ben ik zeker!" bevestigde de Pompoenstaak.

"Het dunkt me," ging de Vogelverschrikker verder, "dat je ma- ker heel wat goede pompoentaarten heeft opgeofferd om een onver- schillige man te fabriceren."

"Ik verzeker Jouwe Majesteit ervan dat ik er niet om heb ge- vraagd om gecreëerd te worden," antwoordde Sjaak.

"O! Maar in mijn geval was het precies eender," zei de Koning gemoedelijk. "En laten we, omdat we zo anders zijn dan het gewone volk, vrienden worden."

"Met heel mijn hart!" verklaarde Sjaak.

"Wat! Heb je een hart?" vroeg de Vogelverschrikker verbaasd.

"Nee, het was alleen figuurlijk gesproken – ik mag wel zeg- gen, een stijlfiguur," zei de ander.

"Goed, maar je meest prominente figuur lijkt er een figuur van hout te zijn, dus moet ik je verzoeken je stijlfiguur te beheersen, je hebt tenslotte geen verstand en daarmee geen recht van spreken," stel- de de Vogelverschrikker waarschuwend voor.

"Daar kun je op rekenen!" zei Sjaak, zonder dat ook maar in het minst te begrijpen.

Zijne Majesteit zond Jellia Jamb en de soldaat met de groene bakkebaarden weg en toen ze weg waren nam hij zijn nieuwe vriend bij de arm en leidde hem de paleistuin in om een potje ring te werpen.

Hoofdstuk 8:

Het

Leger van Opstand

van

Generaal Djindjur

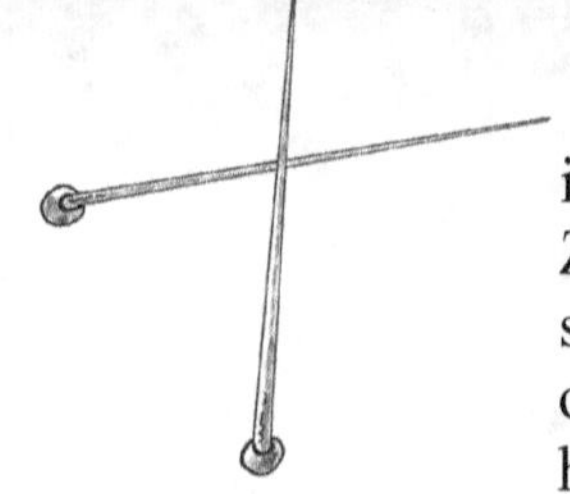

ip wilde zo graag weer bij zijn man Sjaak en het Zaagpaard komen dat hij een volle helft van de afstand naar de Smaragd Stad liep zonder te stoppen om te rusten. Toen kwam hij erachter dat hij honger had en de crackers en kaas die hij voor de reis had meegenomen allemaal al waren opgegeten.

Terwijl hij nadacht over deze noodtoestand en wat hij eraan kon doen, kwam hij een meisje tegen dat langs de weg zat. Ze droeg een kostuum waarvan de jongen vond dat het schitterend was: haar jasje was van smaragdgroene zijde en haar rok had vier verschillende kleuren – blauw aan de voorkant, geel aan de linkerkant, rood aan de achterkant en paars aan de rechterkant. Het jasje werd dichtgehouden door vier knopen aan de voorkant – de bovenste was blauw, die daaronder was geel, de derde was rood en de laatste was paars.

De pracht van de kleding was bijna barbaars, dus Tip stond volledig in zijn recht toen hij een poosje naar haar kleding stond te staren voor zijn ogen werden getrokken door het knappe gezichtje dat erbovenuit stak. Ja, het gezicht was mooi genoeg, besloot hij, maar de uitdrukking op het gezicht was er een van ongenoegen gecombineerd met een schaduw van uitdaging of dapperheid.

Terwijl de jongen stond te staren keek het meisje kalmpjes naar hem. Een lunchmandje stond naast haar, en zij hield een heerlijke sandwich in haar ene hand en een hardgekookt ei in de andere, ze at met een behoorlijke eetlust die bij Tip sympathie opwekte.

Hij wilde net vragen of hij mocht delen in het twaalfuurtje toen het meisje opstond en de kruimels van haar schoot klopte.

"Hier," zei het meisje, "het is hoog tijd voor mij om verder te gaan. Draag de mand voor me en neem wat van de inhoud als je honger hebt."

Tip pakte de mand gretig aan en begon te eten, en hij volgde het vreemde meisje een tijdlang zonder vragen te stellen. Ze liep met flinke passen voor hem uit, en ze straalde een zweem van vastberadenheid en ernst uit dat hem deed vermoeden dat zij een persoon van grote statuur moest zijn.

Uiteindelijk, toen hij zijn honger had gestild, kwam hij naast haar lopen en probeerde hij met haar vlugge stappen in de pas te lopen – dat viel niet mee, ze was veel langer dan hij en had overduidelijk grote haast.

"Bedankt voor de sandwiches," zei Tip terwijl hij haar probeerde bij te benen. "Mag ik vragen hoe je heet?"

"Ik ben Generaal Djindjur," was het korte antwoord.

"O!" zei de jongen verbaasd. "Wat voor een generaal ben je?"

"Ik voer het bevel over het Leger van Opstand in deze oorlog," antwoordde de Generaal onnodig venijnig.

"O!" zei hij opnieuw. "Ik wist niet dat er een oorlog was."

"Dat behoor je ook niet te weten," antwoordde ze, "we hebben het namelijk geheim gehouden, en aangezien ons leger geheel uit meisjes bestaat," voegde ze er met een beetje trots aan toe, "is het een wonder dat onze opstand nog niet ontdekt is."

"Dat is het zeker," bevestigde Tip. "Maar waar is je leger?"

"Ongeveer een mijl hiervandaan," zei Generaal Djindjur. "Op mijn uitdrukkelijke verzoek hebben de troepen zich vanuit alle windstreken van het Land van Oz verzameld. Want dit is de dag waarop we Zijne Majesteit de Vogelverschrikker zullen verslaan en hem van zijn troon zullen stoten. Het Leger van Opstand wacht alleen nog op mijn komst voor het oprukt naar de Smaragd Stad."

"Nou," verklaarde Tip met een diepe zucht, "dat is zeker een verrassing! Mag ik vragen waarom je Zijne Majesteit de Vogelverschrikker van zijn troon wilt stoten?"

"Dat de Smaragd Stad lang genoeg door mannen werd geregeerd is één reden," zei het meisje. "Bovendien, de Stad glinstert van de prachtige edelstenen, die beter gebruikt kunnen worden voor ringen, armbanden en kettingen, en er is genoeg geld in de schatkist van de koning om voor elk meisje in ons Leger van Opstand een nieuwe japon te kopen. Dus zijn we van plan om de Stad te veroveren, de regering over te nemen en zelf de dienst uit te maken."

Djindjur sprak deze woorden met een begerigheid en vastberadenheid die bewezen dat het haar ernst was.

"Maar oorlog is een vreselijk iets," zei Tip bedachtzaam.

"Deze oorlog zal plezierig zijn," antwoordde het meisje opgewekt.

"Velen van jullie zullen gedood worden!" ging de jongen verder met een stem vol ontzag.

"Welnee," zei Djindjur. "Welk een man durft er nu tegen een meisje op te staan of haar iets aan te doen? En er is geen lelijk gezichtje in mijn gehele Leger."

Tip lachte.

"Misschien heb je gelijk," zei hij. "Maar de Bewaker van de Poort is een trouwe Bewaker en het Leger van de Koning zal de Stad niet zonder slag of stoot gewonnen geven."

"Het Leger is oud en futloos," antwoordde Generaal Djindjur minachtend. "Zijn kracht heeft hij gebruikt om een baard en snor te laten groeien, en zijn vrouw heeft zo'n temperament dat ze al meer dan de helft ervan met wortel en al eruit heeft getrokken. Toen de Wonderbaarlijke Tovenaar regeerde was de soldaat met de groene bakkebaardensoldaat met de groene bakkebaarden een goed Koninklijk Leger, want de mensen vreesden de Tovenaar. Maar niemand is bang voor een Vogelverschrikker, dus zijn Koninklijk Leger stelt niet veel voor ten tijde van oorlog."

Na dit gesprek gingen ze verder in stilte. Na een poosje kwamen ze bij een open plek in het bos waar zich zo'n vierhonderd jonge vrouwen hadden verzameld. De vrouwen lachten en praatten met elkaar, zo vrolijk alsof ze bij elkaar waren voor een picknick in plaats van voor een oorlog.

Ze waren verdeeld in vier groepen en Tip zag dat ze allemaal in hetzelfde uniform waren gekleed als dat van Generaal Djindjur. Het enige echte verschil was dat de meisjes uit het Land van de Knibbelingen het blauwe lapje van hun rok aan de voorkant droegen, zij die uit het Land van de Kwartelingen kwamen droegen het rode lapje aan de voorkant, zij die uit het Land van de Wenkelingen kwamen droegen het gele lapje aan de voorkant en de Nagelingenmeisjes droegen de paarse lap aan de voorkant. Ze droegen allemaal een groen jasje, wat symbool stond voor de Smaragd Stad die ze wilden veroveren, en de bovenste knoop van elke jas vertelde, door zijn kleur, uit welk land de drager kwam. De uniformen waren vrolijk en flatteus en zeer effectief wanneer ze zo massaal samen waren. Tip dacht dat dit vreemde Leger helemaal geen wapens bezat, maar hij zat ernaast. Want elk meisje had door haar knot van zwart haar twee lange, glimmende breinaalden gestoken.

Generaal Djindjur ging ogenblikkelijk demonstratief op de wortelstronk van een omgehakte boom staan en sprak tot haar leger.

"Vrienden, landgenoten, en meisjes!" zei ze. "We staan op het punt onze grote Opstand tegen de mannen van Oz te beginnen! We marcheren om de Smaragd Stad te veroveren, de Vogelverschrikkerkoning te onttronen, duizenden prachtige edelstenen te verwerven, de koninklijke schatkist te plunderen en om macht over de tirannen die ons voorheen onderdrukten te verkrijgen!"

"Hoera!" zeiden zij die hadden geluisterd, maar Tip dacht dat het grootste gedeelte van het leger te druk bezig was met kletsen in plaats van aandacht te hebben voor de woorden van de Generaal. Het commando om te marcheren werd gegeven, en de meisjes vormden vier groepen, of liever vier compagnieën, en vertrokken met rasse schreden richting de Smaragd Stad.

De jongen volgde hen, en hij droeg verschillende manden, wikkels en pakketjes die verschillende leden van het Leger van Opstand hem hadden toevertrouwd. Het duurde niet lang voor ze bij de groene granieten muren van de Stad kwamen en halthielden voor de poort. De Bewaker van de Poort kwam meteen naar buiten en keek hen verwonderd aan, alsof er een circus naar de stad was gekomen. Hij droeg een stel sleutels rond zijn nek die aan een gouden kettinkje zaten, zijn handen waren nonchalant in zijn zakken gestoken, en hij scheen zich er totaal niet bewust van te zijn dat de Stad werd bedreigd door rebellen.

Op een plezierige toon sprak hij tot de meisjes, en zei:

"Goedemorgen, meisjes! Wat kan ik voor jullie doen?"

"Geef je on- middellijk over!" antwoordde Gene- raal Djindjur, die voor hem stond en zo gruwelijk fron- ste als haar mooie gezichtje toestond.

"Me over- geven!" herhaal- de de man ver- baasd. "Maar dat

is onmogelijk. Het is tegen de wet! In heel mijn leven heb ik nog nooit van zoiets gehoord."

"Maar je moet je toch overgeven!" riep de Generaal woest. "Dit is een opstand!"

"Dat zie je er niet aan af," zei de Bewaker terwijl hij bewonderend van de een naar de ander keek.

"Maar we zijn het wel!" riep Djindjur en ze stampte ongeduldig met haar voet. "En we willen de Smaragd Stad veroveren!"

"Goeie grutjes," antwoordde de Bewaker van de Poorten, "wat een onzinnig idee! Ga naar huis naar jullie moeder, lieve meisjes, en melk de koeien en bak het brood. Weten jullie dan niet dat het gevaarlijk is om een stad te veroveren?"

"We zijn niet bang!" antwoordde de Generaal en ze keek zo vastberaden dat de Bewaker zich ongemakkelijk ging voelen.

Dus trok hij aan de bel die de soldaat met de groene bakkebaarden riep, en binnen de kortste keren had hij daar al spijt van. Want ogenblikkelijk werd hij omringd door een groep meisjes die hun breinaalden uit hun haar hadden getrokken en de Bewaker met de scherpe punten gevaarlijk dicht bij zijn vette wangen en knipperende ogen probeerden te steken.

De arme man huilde en smeekte luid om genade en hij verzette zich niet toen Djindjur het bundeltje sleutels van zijn nek haalde. Gevolgd door haar Leger haastte de Generaal zich naar de poort, waar ze werd geconfronteerd met het Koninklijk Leger van Oz – wat een andere naam was voor de soldaat met de groene bakkebaarden.

"Halt!" riep hij, en richtte zijn lange geweer regelrecht op het gezicht van de leider.

Sommige meisjes gilden en renden terug, maar General Djindjur stond dapper haar mannetje en hield voet bij stuk en zei verwijtend:

"Waarom, wat nu? Zou je een arm, ongewapend meisje beschieten?"

"Nee," antwoordde de soldaat, "want mijn geweer is niet geladen."

"Niet geladen?"

"Nee, uit angst voor ongevallen. En ik ben vergeten waar ik het poeder en de kogels heb gelaten om het mee te laden. Maar als je hier even wilt blijven wachten dan zal ik ze snel proberen op te snorren."

"Doe niet te veel moeite," zei Djindjur vrolijk. Toen draaide ze zich naar haar Leger en riep:

"Meisjes, het geweer is niet geladen!"

"Hoezee," joelden de rebellen verheugd over dit goede nieuws, en ze stormden op de soldaat met de groene bakkebaarden af en het was nog een wonder dat ze in alle drukte elkaar niet staken met hun breinaalden.

Maar het Koninklijk Leger van Oz was zó bang voor de vrouwen dat hij zich niet in de woeste slachtpartij dorstte te storten. Hij draaide zich simpelweg om en rende uit alle macht door de poort en richting het koninklijke paleis en ondertussen verspreidden Generaal Djindjur en haar groep zich over de onbeschermde Stad.

En zo werd de Smaragd Stad gewonnen zonder een druppel bloed te vergieten. En het Leger van Opstand was een Leger van Veroveraars geworden!

Hoofdstuk 9:

De Vogelverschrikker Bedenkt

een

Plan

ip glipte bij de meisjes vandaan en volgde vlug de soldaat met de groene bakkebaarden. Het veroverende leger bewoog zich trager door de Stad, omdat ze stopten om met de punten van hun breipennen de smaragden uit de muren en bestrating te halen. Dus de soldaat en de jongen bereikten het paleis voor het nieuws dat de Stad was veroverd, hen vooruitgesneld was.

De Vogelverschrikker en Sjaak Pompoenstaak waren nog steeds aan het ringwerpen in de paleistuin toen hun spel abrupt werd onderbroken door de binnenkomst van het Koninklijke Leger van Oz, dat kwam binnenstormen zonder zijn hoed en geweer. Zijn kleren hingen er bedroevend warrig bij en zijn lange baard wapperde op bijna een meter afstand achter hem terwijl hij voortrende.

"Dat is weer een punt voor mij," zei de Vogelverschrikker kalmpjes. "Mijn beste man, wat is er aan de hand?" voegde hij eraan toe in de richting van de soldaat.

"O! Uwe Majesteit, Uwe Majesteit! De Stad is veroverd!" zei het Koninklijke Leger naar adem snakkend.

"Dat is vrij onverwacht," zei de Vogelverschrikker. "Maar ga alsjeblieft alle deuren en ramen barricaderen, terwijl ik de Pompoenstaak leer hoe hij een ring moet werpen."

De soldaat haastte zich te doen wat hem werd gezegd, terwijl Tip, die hem op de hielen was gevolgd, in de paleistuin bleef en verwonderd naar de Vogelverschrikker keek.

Zijne Majesteit ging verder met het werpen van ringen, zo rustig alsof er niets was dat zijn troon in gevaar kon brengen, maar de Pompoenstaak, die Tip in de gaten kreeg, kuierde zo snel als zijn houten benen hem toestonden naar de jongen toe.

"Goeden middag, nobele ouder!" riep hij verrukt. "Ik ben blij te zien dat je hier bent. Dat vreselijke Zaagpaard ging met me aan de haal."

"Dat viel te verwachten," zei Tip. "Ben je gewond? Ben je gebroken?"

"Nee, ik ben veilig gearriveerd," antwoordde Sjaak, "en Zijne Majesteit was bijzonder vriendelijk voor me."

Op dat moment kwam de soldaat met de groene bakkebaardenterug, en de Vogelverschrikker vroeg:

"Tussen twee haakjes, wie heeft mij veroverd?"

"Een regiment van meisjes, verzameld uit alle vier de streken van het Land van Oz," antwoordde de soldaat, die nog wit zag van angst.

"Maar waar was mijn Beroepsleger op dat moment?" informeerde Zijne Majesteit en hij keek de soldaat bezorgd aan.

"Uw Beroepsleger was op de vlucht," antwoordde de beste man naar eer en geweten, "want geen man kon tegen de verschrikkelijke wapens van de indringers weerstand bieden."

"Weet je," zei de Vogelverschrikker na even te hebben nagedacht, "ik vind het helemaal niet zo erg om van mijn troon gestoten te worden, het is een vermoeiende baan om over de Smaragd Stad te regeren, zie je. En de kroon is ook zo zwaar dat hij mij hoofdpijn bezorgd. Maar ik hoop dat de Veroveraars niet de intentie hebben mij wat aan te doen, alleen maar omdat ik de koning ben."

"Ik heb ze horen zeggen," merkte Tip twijfelend op, "dat ze de intentie hebben om een voddenbaal van je buitenkant te maken en dat ze je binnenkant willen gebruiken om hun voetenkussens mee te vullen."

"Dan ben ik werkelijk in gevaar," verklaarde Zijne Majesteit opgewekt, "en het is wijs voor mij om een manier van ontsnappen te bedenken."

"Waar kun je heen gaan?" vroeg Sjaak Pompoenstaak.

"Nu, naar mijn goede vriend de Blikken Man, hij regeert over de Wenkelingen en noemt zichzelf hun keizer," was het antwoord. "Ik ben er zeker van dat hij me zal beschermen."
Tip keek uit het raam.

"Het paleis is omsingeld door de vijand," zei hij. "Het is te laat om te ontsnappen. Spoedig zullen ze je in stukken scheuren."
De Vogelverschrikker zuchtte.

"Tijdens een noodsituatie," verkondigde hij, "is het altijd goed om even diep adem te halen en de zaak te overdenken. Verexcuseert u mij terwijl ik even diep ademhaal en de zaak overdenk."

"Maar wij zijn ook in gevaar," zei de Pompoenstaak nerveus. "Als er ook maar één meisje is dat verstand heeft van koken, dan is mijn einde nabij!"

"Onzin!" verklaarde de Vogelverschrikker. "Ze zijn te druk om te koken, zelfs al zouden ze weten hoe!"

"Maar als ik hier als gevangene een lange tijd moest verblijven," protesteerde Sjaak, "dan is het zeer waarschijnlijk dat ik zal bederven."

"Ah! dan ben je niet geschikt om mee om te gaan," antwoordde de Vogelverschrikker. "De zaak is ernstiger dan ik dacht."

"Jij," zei de Pompoenstaak somber, "zal waarschijnlijk vele jaren leven. Mijn leven is noodzakelijkerwijs kort. Dus moet ik goed gebruikmaken van die paar dagen die me nog resten."

"Toe, toe! Maak je geen zorgen," antwoordde de Vogelverschrikker, "als je lang genoeg stil blijft zodat ik na kan denken, dan probeer ik een manier te vinden, voor ons allemaal, om te ontsnappen."

De anderen wachtten geduldig in stilte terwijl de Vogelverschrikker naar een hoek toe liep en een goeie vijf minuten met zijn gezicht naar de muur stond. Daarna draaide hij zich om en keek hen aan met een vrolijkere uitdrukking op zijn geschilderde gezicht.

"Waar is het Zaagpaard die je hierheen reed?" vroeg hij aan de Pompoenstaak.

"O, ik zei dat hij een juweeltje was, dus heeft je bediende hem opgesloten in de koninklijke schatkamer," zei Sjaak.

"Het was de enige plek die ik kon bedenken, Uwe Majesteit," voegde de soldaat eraan toe, die nu dacht dat hij een blunder had begaan.

"Het doet me groot genoegen," zei de Vogelverschrikker. "Is het dier gevoed?"

"O, ja, ik heb hem een hele berg zaagselbrokjes gegeven."

"Uitstekend!" riep de Vogelverschrikker. "Breng het paard ogenblikkelijk hier."

De soldaat haastte zich op weg en even later hoorden ze het kletteren van de houten poten van het paard op de bestrating toen hij de paleistuin werd binnen geleid.

Zijne Majesteit bekeek het ros kritisch.

"Hij lijkt niet erg gracieus," merkte hij in gedachten verzonken op, "maar ik veronderstel dat hij kan rennen?"

"Dat kan hij zeker," zei Tip, die bewonderend naar het Zaagpaard keek.

"Dan zal hij, met ons op zijn rug, door de linies van de rebellen moeten breken en ons naar mijn vriend de Blikken Man moeten brengen," verkondigde de Vogelverschrikker.

"Hij kan ons niet alle vier dragen!" protesteerde Tip.

"Nee, maar hij kan wel drie van ons dragen," zei Zijne Majesteit. "Ik zal daarom mijn Koninklijk Leger achterlaten. Gezien het gemak waarmee hij werd veroverd, heb ik weinig vertrouwen in zijn vermogens."

"Maar hij kan wel rennen," verklaarde Tip lachend.

"Ik verwachtte deze tegenslag," zei de soldaat mokkend, "maar ik kan het verdragen. Ik zal mezelf vermommen door mijn prachtige groene baard en snor af te scheren. En uiteindelijk zal het niet gevaarlijker zijn deze roekeloze meisjes onder ogen te komen dan het zou zijn om op dit wilde en ongetemde houten paard te rijden!"

"Misschien heb je gelijk," merkte Zijne Majesteit op. "Maar wat mij betreft, al ben ik geen soldaat, ik ben dol op gevaar. Nu, mijn jongen, jij moet eerst plaatsnemen. En ga alsjeblieft zo dicht bij de nek van het paard zitten als je kunt."

Tip klom vlug op zijn plaats, en de soldaat en de Vogelverschrikker kregen het voor elkaar om de Pompoenstaak op een plekje achter Tip te hijsen. Er bleef zo weinig ruimte voor de Koning over dat het zeer waarschijnlijk was dat hij eraf zou vallen zodra het paard begon te lopen.

"Breng me een waslijn," zei de Koning tegen zijn Leger, "en bind ons vast. Als er dan iemand afvalt zullen we er allemaal afvallen."

Terwijl de soldaat op zoek ging naar een waslijn vervolgde Zijne Majesteit: "Het is goed voor mij om voorzichtig te zijn, mijn gehele bestaan is in gevaar."

"Ik moet net zo voorzichtig zijn als jij," zei Sjaak.

"Niet echt," antwoordde de Vogelverschrikker, "als er iets met mij gebeurt, dan is het met mij gedaan. Maar als er iets met jou gebeurt, dan kunnen ze altijd nog je zaden gebruiken."

Toen kwam de soldaat terug met een lange lijn en hij bond ze alle drie stevig aan elkaar, ook bevestigde hij ze aan het lichaam van het Zaagpaard, dus leek er weinig kans op dat ze eraf zouden vallen.

"Doe nu de poorten open," beval de Vogelverschrikker, "en we zullen een duik nemen in de vrijheid of in de dood."

De paleistuin, waar ze zich in bevonden, lag in het midden van het grote paleis en dat omringde hen aan alle kanten. Maar op één plek was een gang die naar een buitenpoort leidde die de soldaat, in opdracht van zijn soevereine vorst, had gebarricadeerd. Het was door deze poort dat Zijne Majesteit voorstelde om te ontsnappen, en het Koninklijke Leger leidde het Zaagpaard door de gang en ontgrendelde de poort, die met een luide klap naar binnen zwierde.

"Nu," zei Tip tegen het paard, "moet je ons allemaal redden. Ren zo snel je kunt door de poort van de Stad, en laat niets je tegenhouden."

"Oké!" antwoordde het Zaagpaard nurks en hij ging er zó plots vandoor dat Tip naar adem snakte en hij zich stevig vast moest houden aan de staak die hij in de nek van het dier had gestoken.

Enkele meisjes, die buiten het paleis op wacht stonden, werden omvergeduwd toen het Zaagpaard hen op hoge snelheid voorbijrende. Andere meisjes renden gillend aan de kant, en slechts een handjevol stak boos hun breinaalden uit naar de ontsnappende gevangenen. Tip kreeg een kleine prik in zijn linkerarm, die een uur later nog pijn deed, maar de naalden hadden geen effect op de Vogelverschrikker of Sjaak Pompoenstaak, die niet eens doorhadden dat ze werden geprikt.

Wat het Zaagpaard betreft, hij vestigde een mooi nieuw record. Zo wierp hij een fruitwagen omver, evenals verschillende vriendelijk ogende mannetjes en de nieuwe Bewaker van de Poort – een zenuwachtige, kleine, dikke vrouw aangesteld door Generaal Djindjur.

De onstuimige draf hield toen nog niet op. Eenmaal buiten de muren van de Smaragd Stad stoof hij over de weg richting het Westen

en met snelle en wilde sprongen ging hij vooruit. De lucht werd uit de jongen geschud en de Vogelverschrikker werd vervuld van verwondering.

Sjaak had een dergelijke dollemansrit al eens meegemaakt, dus besteedde hij er al zijn kracht aan om met beide handen zijn pompoenhoofd op zijn plek te houden, en hij doorstond het vreselijke voortspoeden met de moed van een filosoof.

"Vertraag hem! Vertraag hem!" schreeuwde de Vogelverschrikker. "Mijn stro zakt helemaal naar mijn benen."

Maar Tip had niet genoeg lucht om te spreken, dus vervolgde het Zaagpaard zijn dollemanscarrière ongehinderd en met onverminderde vaart.

Nu kwamen ze aan bij de oever van een brede rivier, en zonder aarzelen nam het houten ros een laatste sprong en slingerde iedereen de lucht in.

Een seconde later lagen ze allemaal te rollen, te trappelen en te dobberen in het water. Het paard worstelde wild om een steun voor zijn poten te vinden terwijl zijn berijders eerst in de snelle stroming werden ondergedompeld en toen als kurken aan de oppervlakte kwamen drijven.

Hoofdstuk 10:

De Reis naar de Blikken Man

ip was helemaal doorweekt en het water droop uit alle hoekjes van zijn lichaam, maar het lukte hem om voorover te leunen en in het oor van het Zaagpaard te schreeuwen:

"Houd stil, dwaas! Houd stil!"

Het paard hield meteen op met spartelen en dreef kalmpjes naar de oppervlakte, zijn houten lichaam dreef als een vlot.

"Wat betekent het woord 'dwaas'?" wilde het paard weten.

"Het is een kwalijke term," antwoordde Tip, die zich voor het gebruik schaamde. "Ik gebruik het alleen als ik boos ben."

"Dan doet het mij genoegen je op mijn beurt ook een dwaas te noemen," zei het paard. "Want ik heb de rivier niet gemaakt, noch heb ik die op onze weg gebracht, dus alleen een kwalijke term is van toepassing op iemand die boos op mij wordt omdat de rit in het water is gevallen."

"Dat is duidelijk," zei Tip, "dus geef ik graag toe dat ik de fout in ben gegaan." Toen riep hij naar de Pompoenstaak: "Is alles goed met je, Sjaak?"

Er kwam geen antwoord. Dus riep de jongen naar de Koning:

"Is alles goed, Uwe Majesteit?"

De Vogelverschrikker kreunde.

"Op de een of andere manier is er iets vreselijk mis met me" zei hij met een zwakke stem. "En wat is dit water vreselijk nat!"

Tip zat zo strak vastgebonden door de lijn dat hij onmogelijk zijn hoofd kon omdraaien om naar zijn reisgenoten te kijken, dus zei hij tegen het Zaagpaard:

"Trappel met je poten richting de oever."

Het paard gehoorzaamde en al gingen ze traag vooruit, uiteindelijk bereikten ze de overkant van de rivier op een plek waar het beest de droge oever op kon klauteren.

Met wat moeite kon de jongen zijn mesje uit zijn zak halen en de lijn doorsnijden die de berijders aan het houten paard bond. Hij hoorde de Vogelverschrikker met een klets op de grond vallen, en toen bevrijdde hij vlug zichzelf en keek naar zijn vriend Sjaak.

Het houten lichaam, met zijn prachtige kleding, zat nog rechtop op de rug van het paard, maar het pompoenhoofd was verdwenen, en alleen de gescherpte stok die dienstdeed als nek was zichtbaar. Wat betreft de Vogelverschrikker, het stro in zijn lichaam was door de rit naar zijn benen geschud en in het lagergelegen deel van zijn lichaam gezakt – dat nu rond en dik was, terwijl de bovenste helft er als een lege zak uitzag. Op zijn hoofd droeg hij nog de zware kroon, die was vastgenaaid aan zijn hoofd om te voorkomen dat hij hem zou verliezen, maar het hoofd was nu zo vochtig en slapjes dat door het gewicht van het goud en de juwelen de kroon naar voren was gezakt en het beschilderde gezicht in een zee van rimpels was veranderd; hij leek wel een Japans mopshondje.

Tip zou gelachen hebben als hij zich geen zorgen had gemaakt om zijn man Sjaak. Maar de Vogelverschrikker, hoe gehavend ook, was helemaal compleet, terwijl het pompoenhoofd, dat zo essentieel was voor Sjaak zijn bestaan, vermist was, dus greep de jongen een lange stok, die gelukkig in de buurt lag, en snel speurde hij de rivier af.

Even verderop op het water zag hij de gouden gloed van de pompoen, die vrolijk op en neer deinde op het ritme van de golven. Hij was toen nog ver buiten het bereik van Tip, maar na een poosje dreef hij dichter en dichterbij tot de jongen in staat was hem met de stok naar de kant te trekken. Toen bracht hij het hoofd op de oever en voorzichtig wreef hij het pompoengezicht droog met zijn zakdoek, waarna hij met het hoofd naar Sjaak rende en het weer op de nek van de man plaatste.

"Arme ik!" waren Sjaak zijn eerste woorden. "Wat een vreselijke ervaring! Ik vraag me af of water in staat is pompoenen te verruïneren?"

Tip vond een antwoord niet echt nodig, want hij wist dat de Vogelverschrikker ook zijn hulp nodig had. Voorzichtig haalde hij het stro uit het lichaam en de benen van de Koning en verspreidde het in de zon om te drogen. De natte kleding hing hij over het lichaam van het Zaagpaard.

"Als water in staat is pompoenen te verruïneren," merkte Sjaak met een diepe zucht op, "dan zijn mijn dagen geteld."

"Het is mij nog nooit opgevallen dat water pompoenen verruïneerde," antwoordde Tip, "behalve als het water toevallig kookte. Als je hoofd niet is gebarsten, mijn vriend, dan moet je in een fantastisch goede conditie verkeren."

"O, mijn hoofd is niet in het minst gebarsten," verklaarde Sjaak opgewekt.

"Wees dan maar niet ongerust," was Tips weerwoord. "Ongerust zijn, daar is ooit eens een kat aan gestorven."

"Dan," zei Sjaak serieus, "ben ik blij dat ik geen kat ben."

In de zon droogde hun kleding razendsnel, en Tip woelde het stro van Zijne Majesteit om zodat de warme stralen het vocht konden opnemen en het stro weer knisperend en droog als voorheen kon worden. Toen dit het geval was, stopte hij het stro weer in de Vogelverschrikker en zorgde hij ervoor dat de Koning weer een symmetrische vorm kreeg. Hij bracht het gezicht weer in de plooi, zodat de Vogelverschrikker weer zijn vrolijke en charmante uitdrukking terugkreeg.

"Dank je vriendelijk," zei de monarch helder terwijl hij heen en weer liep en merkte dat hij goed gebalanceerd was. "Er zitten verschillende voordelen aan een Vogelverschrikker zijn. Als je vrienden bij de hand hebt om schade te herstellen, dan kan er maar weinig ernstigs met je gebeuren."

"Ik vraag me af of hete zonnestralen een pompoen kunnen laten barsten," zei Sjaak met een angstige trilling in zijn stem.

"Helemaal niet, nee – nee, helemaal niet!" antwoordde de Vogelverschrikker vrolijk. "Al wat je moet vrezen, mijn jongen, is hoge leeftijd. Als je gouden jeugd is vergaan zullen we snel afscheid nemen – maar je hoeft er nu nog niet naar uit te kijken, we zullen het feit zelf ontdekken en je waarschuwen als het zover is. Maar kom! Laten wij onze reis vervolgen. Ik kijk ernaar uit mijn vriend de Blikken Man te begroeten."

Dus klommen ze weer op het Zaagpaard. Tip hield de staak vast, de Pompoenstaak hield zich vast aan Tip en de Vogelverschrikker sloeg beide armen om het houten figuur van Sjaak.

"Doe het nu wat rustiger aan, want er is geen gevaar meer voor achtervolging," zei Tip tegen zijn ros.

"Dat is goed!" antwoordde het beest vrij nurks.

"Ben je geen lief, klein paardje?" vroeg de Pompoenstaak beleefd.

Het Zaagpaard steigerde boos en rolde een knoestig oog naar achteren richting Tip.

"Kijk eens aan," gromde hij, "kun je me niet eens beschermen tegen beledigingen?"

"Jawel!" antwoordde Tip gemoedelijk. "Ik ben er zeker van

dat Sjaak geen kwaad in de zin had. En het staat ons niet fraai om te twisten, weet je, we moeten allemaal goede vrienden blijven."

"Ik wil niets meer te maken hebben met dat stuk Pompoen-staak," verklaarde het Zaagpaard venijnig, "hij raakt te gemakkelijk zijn hoofd kwijt, als je het mij vraagt."

Er leek geen passende reactie te zijn voor deze uitspraak, dus reden ze een tijdlang in stilte door.

Na een poosje merkte de Vogelverschrikker op:

"Dit doet mij aan vroeger denken. Het was op deze grassige heuvel dat ik Doortje eens redde van de Stekende Bijen van de Boze Heks van het Westen."

"Verwonden Stekende Bijen pompoenen?" vroeg Sjaak, die angstig om zich heen keek.

"Ze zijn allemaal dood, dus maakt het niet uit," antwoordde de Vogelverschrikker. "En hier heeft Niek Hakker de Grijze Wolven van de Boze Heks vernietigd."

"Wie is Niek Hakker?" vroeg Tip.

"Dat is de naam van mijn goede vriend de Blikken Houthakker, die we ook de Blikken Man noemen," antwoordde Zijne Majesteit. "En hier kregen de Gevleugelde Apen ons te pakken en vlogen ze met de kleine Doortje weg," ging hij verder nadat ze weer een stukje waren verder gereisd.

"Eten Gevleugelde Apen ooit weleens pompoenen?" vroeg Sjaak terwijl er een rilling van angst door hem heen ging.

"Dat weet ik niet, maar er is weinig reden om je zorgen te maken, want de Gevleugelde Apen zijn nu de slaven van Glinda de Goede, die nu de eigenaar is van de Gouden Kap, die ze moeten gehoorzamen," zei de Vogelverschrikker bedachtzaam.

De met stro gevulde monarch was in gedachten verzonken en dacht terug aan lang vervlogen tijden en avonturen. En het Zaagpaard ging wiegend en schommelend over de met bloemen bezaaide velden en droeg zijn berijders behendig voort op hun reis.

*   *   *   *   *   *   *   *

De schemering kwam en ging, en toen vielen de donkere schaduwen van de nacht. Tip stopte daarom het paard en ze stegen allemaal af.

"Ik ben bekaf," zei de jongen, die vermoeid moest gapen, "en het gras is zacht en koel. Laten we hier gaan liggen en slapen tot de morgen."

"Ik kan niet slapen," zei Sjaak.

"Ik slaap nooit," zei de Vogelverschrikker.

"Ik weet niet eens wat slapen is," zei het Zaagpaard.

"Desalniettemin moeten we rekening houden met deze arme jongen, die gemaakt is van vlees en bloed en beenderen, en wel vermoeid raakt," stelde de Vogelverschrikker voor, op zijn gebruikelijk attente manier. "Ik herinner mij dat het voor Doortje niet anders was. We moesten altijd de hele nacht wachten terwijl zij sliep."

"Het spijt me," zei Tip gedwee, "maar ik kan het ook niet helpen. Bovendien ben ik ook erg hongerig!"

"Kijk, een nieuw gevaar!" merkte Sjaak somber op. "Ik hoop dat je niet verzot bent op het eten van pompoenen."

"Niet tenzij je gestoofd bent en in taarten zit," antwoordde de jongen lachend. "Dus wees niet bang voor mij, Sjaak, mijn vriend."

"Wat een angsthaas is die Pompoenstaak!" zei het Zaagpaard minachtend.

"Je zou zelf ook een angsthaas geweest zijn als je wist dat je zou bederven!" beet Sjaak boos terug.

"Toe, toe," onderbrak de Vogelverschrikker hen, "laten we niet twisten. We hebben allemaal onze zwaktes, lieve vrienden, dus moeten we ernaar streven rekening met elkaar te houden. En laten we aangezien deze arme jongen hongerig is en niets te eten heeft allemaal stil zijn zodat hij kan slapen, want er wordt gezegd dat tijdens de slaap de sterfelijke zelfs zijn honger kan vergeten."

"Dank je!" riep Tip dankbaar uit. "Uwe Majesteit is even goed als wijs – en dat zegt een heleboel!"

Hij rekte zich uit over het gras en viel prompt in een diepe slaap, en de met stro gevulde Vogelverschrikker deed dienst als kussen.

Hoofdstuk 11:

Een Vernikkelde Keizer

ip werd met de dageraad wakker, maar de Vogelverschrikker was al opgestaan en had, met zijn onhandi-
ge vingers, twee handen vol rijpe bessen geplukt van
enkele struiken die vlakbij stonden. De jongen at de
bessen gretig – er was ruim voldoende voor een over-
vloedig ontbijt – waarna het kleine gezelschap zijn reis
vervolgde.

Na een uur gereden te hebben bereikten ze de
top van een heuvel vanwaar ze de Stad van de Wenkelingen konden
zien en ze zagen dat de grote koepels van het paleis van de keizer uit-
staken boven de groepjes van de wat bescheidenere verblijven.

De Vogelverschrikker raakte opgetogen bij dit uitzicht en hij
riep:

"Wat is het toch heerlijk om mijn oude vriend de Blikken Man
weer te zien! Ik hoop dat hij zijn volk met meer succes regeert dan ik
het mijne heb geregeerd!"

"Is de Blikken Man de keizer van de Wenkelingen?" vroeg het
paard.

"Jazeker. Zij hebben hem gevraagd om over hen te regeren
vlak nadat de Boze Heks was vernietigd, en aangezien Niek Hakker
het beste hart in heel de wereld heeft, ben ik er zeker van dat hij zich
een uitstekend en bekwaam keizer heeft getoond."

"Ik dacht dat 'keizer' de titel was voor een persoon die over
een keizerrijk regeert," zei Tip, "en het Land van de Wenkelingen is
slechts een koninkrijk."

"Vertel dat maar niet aan de Blikken Man!" riep de Vogelverschrikker ernstig uit. "Dat zou zijn gevoelens vreselijk pijn doen. Hij
is een trotse man, waar hij elk recht toe heeft, en het doet hem veel
genoegen om keizer genoemd te worden in plaats van koning."

"Voor mij zal het geen verschil maken," antwoordde de
jongen.

Het Zaagpaard stoof nu zo snel vooruit dat zijn berijders maar
met moeite op zijn rug konden blijven zitten en er was dus maar weinig conversatie tot ze stilhielden bij de trappen van het paleis.

Een oude Wenkeling, gekleed in een uniform van zilveren
stoffen, kwam hen assisteren bij het afstijgen. Toen zei de Vogelverschrikker tegen de man:

"Breng ons naar je meester, de Keizer."

De man keek van de ene reisgenoot naar de andere. Hij leek in verlegenheid te zijn gebracht door de vraag en uiteindelijk zei hij:

"Ik vrees dat ik u moet vragen om een poosje te wachten. De Keizer ontvangt niemand deze morgen."

"Hoezo?" informeerde de Vogelverschrikker verontrust. "Ik hoop dat er niets met hem aan de hand is."

"O, welnee, niets ernstigs," antwoordde de man. "Maar Zijne Majesteit wordt vandaag gepoetst, en juist op dit moment wordt zijne doorluchtige verschijning ingesmeerd met <u>putz-pommade</u>."

"Ah, ik begrijp het!" riep de Vogelverschrikker, die nu grotendeels gerustgesteld was. "Mijn vriend was altijd al een ijdeltuit, en ik veronderstel dat hij nu trotser dan ooit is op zijn persoonlijke voorkomen."

"Dat is hij zeker," zei de man en hij maakte een beleefde buiging. "Onze grote Keizer heeft zich onlangs laten vernikkelen."

"Goeie grutjes!" riep de Vogelverschrikker toen hij dit hoorde. "Als zijn verstand net zo gepoetst is, hoe sprankelend zal het dan zijn! Maar laat ons nu maar binnen – ik ben er zeker van dat de Keizer ons zal ontvangen, zelfs in zijn huidige staat."

"De staat van de Keizer is altijd geweldig," zei de man. "Maar ik zal hem voorts verwittigen van jullie komst en ik zal zijn bevelen omtrent jullie ontvangen."

Het gezelschap volgde de bediende naar een prachtige voorkamer en het Zaagpaard hobbelde onbeholpen achter hen aan. Hij had er geen flauwe notie van dat het wellicht van een paard verwacht mocht worden dat hij buiten bleef.

De reizigers waren eerst wat overweldigd door hun omgeving, zelfs de Vogelverschrikker leek onder de indruk toen hij de rijke versieringen van opgeknoopte zilveren doeken die waren vastgezet met kleine zilveren bijltjes bekeek. Op een prachtige salontafel stond een grote oliekan, rijk gegraveerd met scènes uit vroegere avonturen van de Blikken Man, Doortje, de Laffe Leeuw en de Vogelverschrikker: de lijnen van de gravures in het zilverwerk waren ingelegd met geel goud. Op de muren hingen verschillende portretten, die van de Vogelverschrikker leek wel het prominentste en gedetailleerdste werk, terwijl een groot schilderij van de beroemde Tovenaar van Oz, die een hart aan de Blikken Man presenteert, wel een hele wand van de kamer in beslag nam.

Terwijl de bezoekers in stille bewondering naar deze objecten staarden hoorden ze een luide stem in de andere kamer roepen:

"Wauw! Wat een grote verrassing!"

En toen ging de deur open en Niek Hakker stoof de kamer binnen en greep de Vogelverschrikker in een hechte en liefdevolle omhelzing die de Vogelverschrikker vele vouwen en kreukels opleverde.

"Mijn goede oude vriend! Mijn nobele kameraad," riep de Blikken Man vrolijk, "wat goed om je weer eens te ontmoeten!"

Toen liet hij de Vogelverschrikker los en nam hem op een armslengte afstand en bekeek het geschilderde gelaat van zijn geliefde vriend.

Maar ach, op het gezicht van de Vogelverschrikker en vele stukken van zijn lichaam zaten grote vlekken putz-pommade, want de Blikken Man, die in allerijl zijn vriend wilde verwelkomen, was helemaal de toestand waarin zijn toilet verkeerde vergeten en had de dikke laag poets van zijn lichaam tijdens de omhelzing op die van zijn kameraad gewreven.

"O jee!" zei de Vogelverschrikker somber. "Wat een smeerboel!"

"Het geeft niet, mijn vriend," antwoordde de Blikken Man, "ik zal je naar mijn Keizerlijke Wasserij sturen en je zult er zo goed als nieuw uitkomen."

"Word ik dan niet door de <u>mangel</u> gehaald?" vroeg de Vogelverschrikker.

"Nee, zeker niet!" was het antwoord. "Maar vertel me, hoe kwam Jouwe Majesteit hier? en wie zijn je metgezellen?"

De Vogelverschrikker introduceerde met grote beleefdheid Tip en Sjaak Pompoenstaak; de Blikken Man leek vooral geïnteresseerd te zijn door de laatstgenoemde.

"Je bent niet erg substantieel, dat moet ik toegeven," zei de Keizer, "maar je bent zeker ongebruikelijk en daarom waardig genoeg om lid te worden van ons selecte genootschap."

"Ik dank Jouwe Majesteit," zei Sjaak nederig.

"Ik hoop dat je in goede gezondheid verkeert?" ging de Houthakker verder.

"Op het moment wel, ja," antwoordde de Pompoenstaak met een zucht, "maar ik leef in constante angst voor de dag dat ik zal vergaan."

"Onzin!" verklaarde de Keizer – maar op een vriendelijk en sympathieke toon. "Ik vraag u om de zon van vandaag niet te doven met de regen van morgen. Want voor je hoofd de tijd krijgt om te vergaan kun je het laten inblikken en het op die manier voor eeuwig behouden."

Tip keek gedurende het gesprek met onverholen verbazing naar de Houthakker en hij zag dat de Keizer van de Wenkelingen was gebouwd van stukken blik, keurig gesoldeerd en vastgeklonken in de vorm van een man. Hij rammelde en ratelde een beetje als hij bewoog, maar over het algemeen genomen zag hij er professioneel gebouwd uit en zijn voorkomen werd alleen ontsierd door een dikke laag poets die hem van top tot teen bedekte.

Het staren van de jongen herinnerde de Blikken Man eraan dat hij er niet op zijn best uitzag, dus vroeg hij zijn vrienden hem te verexcuseren zodat hij zich kon terugtrekken naar zijn private verblijf en door zijn bedienden kon worden gepoetst. Dit was in korte tijd gedaan en toen de Keizer terugkeerde glansde zijn met nikkel bedekte lichaam zo fel dat de Vogelverschrikker hem hartelijk feliciteerde met zijn verbeterde uiterlijk.

"Dat vernikkelen was, dat moet ik toegeven, een goed idee," zei Niek, "en het was hoogstnoodzakelijk, want ik zat onder de krassen van mijn avontuurlijke ervaringen. Kijk eens naar deze gegraveerde ster op mijn linkerborst. Die laat niet alleen zien waar mijn uitstekende hart zich bevindt, maar het bedekt ook keurig de wond die de Wonderbaarlijke Tovenaar heeft gemaakt toen hij dat zeer geliefde orgaan in mijn borst plaatste met zijn eigen kundige handen."

"Is je hart dan een handorgaan?" vroeg de Pompoenstaak nieuwsgierig.

"In het geheel niet," antwoordde de Keizer met waardigheid. "Het is strikt genomen, daar ben ik van overtuigd, een traditioneel hart, al is het wat groter en warmer dan dat van de meeste mensen."

Toen draaide hij zich naar de Vogelverschrikker en vroeg:

"Zijn je onderdanen blij en tevreden, mijn dierbare vriend?"

"Dat kan ik niet zeggen," was het antwoord, "want de meisjes van Oz zijn in opstand gekomen en hebben me uit de Smaragd Stad verdreven."

"Grote goedheid!" riep de Blikken Man. "Wat een calamiteit! Ze klagen toch zeker niet over je wijze en vriendelijke leiderschap is het wel?"

"Nee, maar ze zeggen dat het een armzalig regeerschap was dat niet wederzijds bevredigend was," antwoordde de Vogelverschrikker, "en deze vrouwen zijn ook van mening dat mannen het land lang genoeg hebben geregeerd. Dus veroverden ze mijn stad, stalen ze alle juwelen uit de schatkisten zetten de zaken naar hun eigen hand."

"Sta me bij! Wat een buitengewoon idee!" riep de Keizer, die zowel geschokt als verrast was.

"En ik heb enkelen van hen horen zeggen," zei Tip, "dat ze van plan zijn om hiernaartoe te marcheren en het kasteel en de stad van de Blikken Man te veroveren."

"Ah! We moeten ze geen tijd geven om dat te doen," zei de Keizer snel. "We vertrekken meteen om de Smaragd Stad terug te veroveren en de Vogelverschrikker weer op zijn troon te zetten."

"Ik wist wel dat je me zou helpen," merkte de Vogelverschrikker verheugd op. "Hoe groot is het leger dat je kunt verzamelen?"
"We hebben geen leger nodig," antwoordde de Blikken Man. "Wij vieren, met wat hulp van mijn glanzende bijl, zijn genoeg mankracht om de harten van de rebellen angst in te boezemen."

"Wij vijven," corrigeerde de Pompoenstaak hem.

"Vijf?" herhaalde de Blikken Man.

"Ja, het Zaagpaard is moedig en vreesloos," antwoordde Sjaak, die al vergeten was dat hij recent met de vierpotige had geruzied.

De Blikken Man keek verbaasd om zich heen, want het Zaagpaard had tot nog toe stilletjes in een hoek gestaan, waar de Keizer hem niet had opgemerkt. Tip riep het vreemde wezen direct bij zich en het kwam op zo'n vreemde manier dichterbij dat hij bijna de salontafel met het gegraveerde oliekannetje omver stootte.

"Ik begin te vermoeden," merkte de Blikken Man op toen hij ernstig naar het Zaagpaard keek, "dat de wonderen de wereld nog niet uit zijn! Hoe kwam dit wezen tot leven?"

"Dat deed ik met een magisch poeder," zei de jongen bescheiden, "en het Zaagpaard is ons van veel nut geweest."

"Hij heeft het ons mogelijk gemaakt te ontsnappen aan de rebellen," voegde de Vogelverschrikker eraan toe.

"Dan moeten we hem zeker als kameraad waarderen," verklaarde de Keizer. "Een levend Zaagpaard is een overduidelijke noviteit, en hij zou een interessant studieobject zijn. Weet hij iets?"

"Welnu, ik kan niet beweren dat ik veel ervaring heb in het leven," antwoordde het Zaagpaard zelf, "maar ik lijk vrij snel te leren en vaak komt het in mij op dat ik meer weet dan anderen om mij heen."

"Misschien is dat zo," zei de Keizer, "want ervaring betekent niet altijd wijsheid. Maar tijd is kostbaar nu, dus laat ons snel onze voorbereidingen treffen en onze reis beginnen."

De Keizer ontbood zijn Grootkanselier en instrueerde hem hoe hij de regering van het koninkrijk moest waarnemen tijdens zijn afwezigheid. Ondertussen werd de Vogelverschrikker uit elkaar gehaald en de beschilderde zak die hem dienstdeed als hoofd werd voorzichtig gewassen en hervuld met het verstand dat hem oorspronkelijk door de Grote Tovenaar was gegeven. Zijn kleren werden ook schoongemaakt en geperst door de Keizerlijke Kleermakers en zijn kroon werd opgepoetst en weer op zijn hoofd genaaid, want de Blikken Man stond erop dat hij geen afstand zou doen van het embleem van zijn adellijkheid. De Vogelverschrikker, die nu een respectabel voorkomen had en geenszins ijdel genoemd kon worden, was erg in zijn nopjes met zichzelf en pronkte een beetje als hij liep. Terwijl de Vogelverschrikker zijn koninklijke wasbeurt kreeg, herstelde Tip de houten ledematen van Sjaak Pompoenstaak en maakte hem steviger dan voorheen en ook het Zaagpaard werd geïnspecteerd om te zien of alles op en top functioneerde.

De volgende morgen begonnen ze opgefrist en vroeg aan hun terugreis naar de Smaragd Stad. De Blikken Man droeg op zijn schouder een glanzende bijl en hij liep voorop, de Pompoenstaak zat op het Zaagpaard en Tip en de Vogelverschrikker liepen ernaast om te voorkomen dat hij van het paard zou vallen of beschadigd zou raken.

Hoofdstuk 12:

Meneer O.R. Wokkelkever, D.O.

u zat het Generaal Djindjur – die, zoals je je vast nog wel kunt herinneren, het bevel over het Leger van Opstand voerde – niet lekker dat de Vogelverschrikker uit de Smaragd Stad was ontsnapt. Ze vreesde, met goede reden, dat als Zijne Majesteit en de Blikken Man hun krachten vereenden, het weleens gevaarlijk kon worden voor haarzelf en haar Leger, want de mensen van Oz waren de daden van deze beroemde helden, die succesvol vele opzienbarende avonturen hadden doorstaan, nog niet vergeten.

Dus stuurde Djindjur haastig berichten naar de oude Mombi, de heks, en beloofde haar grote beloningen als zij het rebellenleger kwam assisteren.

Mombi was furieus over het kunstje dat Tip haar geflikt had en ze was ook kwaad over de diefstal van haar kostbare Poeder des Levens, dus had ze maar weinig aansporing nodig om naar de Smaragd Stad af te reizen om Djindjur te helpen de Vogelverschrikker en de Blikken Man, die Tip nu als hun vriend beschouwden, te verslaan.

Tegen de tijd dat Mombi in het koninklijk paleis was aangekomen had ze, middels haar geheime magie, ontdekt dat de avonturiers begonnen waren aan hun reis naar de Smaragd Stad, dus trok ze zich terug in een kleine kamer hoog in een toren en sloot zichzelf op. Vanuit haar kamer wendde ze al haar kunsten aan om te voorkomen dat de Vogelverschrikker en zijn metgezellen terug zouden komen.

Dat was ook de reden dat de Blikken Man op stopte en zei:

"Er is iets vreemds gebeurd. Ik zou de weg toch net zo goed moeten kennen als mijn eigen hart, maar toch ben ik bang dat we nu al verdwaald zijn geraakt."

"Dat is in het geheel niet mogelijk!" protesteerde de Vogelverschrikker. "Waarom denk je, mijn dierbare vriend, dat we gedwaald hebben?"

"Omdat hier recht voor ons een groot veld met zonnebloemen ligt – en ik heb dit veld nog nooit in mijn leven gezien."

Op deze woorden keken ze allemaal om zich heen en zagen dat ze inderdaad omringd werden door een veld met lange stengels en elke stengel droeg aan de top een gigantische zonnebloem. En niet alleen waren deze bloemen oogverblindend door hun levendige kleuren, rood en goud, maar elk van hen draaide op zijn stengel als een miniatuurwindmolen. De bloemen hadden een duizelingwekkend effect op de toeschouwers en kregen hen zo in hun greep dat ze niet meer wisten welke kant ze op moesten gaan.

"Het is hekserij!" verklaarde Tip.

En terwijl ze pauzeerden, twijfelend en verbaasd, gaf de Blikken Man een schreeuw van ongeduld en ging hij wild zwaaiend met zijn bijl, waarmee hij de stengels voor hem om wilde kappen, voorwaarts. Toen hielden de zonnebloemen plotseling op met ronddraaien en de reizigers zagen duidelijk het gezicht van een meisje verschijnen in elk van de harten van de bloemen. De lieflijke gezichten keken de verbaasde groep spottend aan en barstten toen uit in een koor van vrolijk gelach over de verslagenheid die hun verschijning teweeg had gebracht.

"Stop! Stop!" riep Tip en hij greep de Blikken Man bij zijn arm. "Ze leven! Het zijn meisjes!"

Op dat moment begonnen de bloemen weer te draaien en de gezichtjes verdwenen langzaam in de snelle rotaties.

De Blikken Man liet zijn bijl vallen en ging op de grond zitten.

"Het zou harteloos zijn om deze mooie wezens om te hakken," zei hij mistroostig, "en toch weet ik niet hoe we anders onze weg kunnen vervolgen."

"Ze lijken vreemd genoeg op de gezichten van het Leger van Opstand," peinsde de Vogelverschrikker. "Maar ik kan het niet bevatten dat de meisjes ons zo vlug hierheen konden volgen."

"Ik geloof dat het magie is," zei Tip, die ervan overtuigd was, "en ik geloof dat iemand met ons loopt te sollen. Ik weet dat de oude Mombi zulke dingen eerder heeft gedaan. Waarschijnlijk is het niets meer dan een illusie en zijn hier helemaal geen zonnebloemen."

"Laten wij dan onze ogen sluiten en vooruitlopen," stelde de Blikken Man voor.

"Pardon, hoor," antwoordde de Vogelverschrikker. "Mijn ogen zijn niet zo geschilderd dat ze kunnen sluiten. Dat jij toevallig blikken oogleden hebt betekent dat nog niet dat je er maar van uit moet gaan dat we allemaal hetzelfde zijn gebouwd."

"En de ogen van het Zaagpaard zijn knoestogen," zei Sjaak, die voorover leunde om hem aandachtiger te bekijken.

"Desondanks moet je snel vooruitrijden," beval Tip, "en we zullen achter je aankomen en zo proberen te ontsnappen. Mijn ogen zijn al verblind en ik kan nog amper zien."

Dus reed de Pompoenstaak stoutmoedig voorwaarts. Tip greep de houten staart van het Zaagpaard en volgde met gesloten ogen. De Vogelverschrikker en de Blikken Man vormden de achterhoede, en nog voor ze enkele meters hadden afgelegd hoorden ze het opgewekte roepen van Sjaak dat verkondigde dat de weg weer zichtbaar voor hen lag.

Toen stopten ze en keken ze achterom, maar van het veld met zonnebloemen viel geen spoor te bekennen.

Wat opgewekter nu vervolgden ze hun reis, maar de oude Mombi had het landschap om hen heen zo veranderd dat ze zeker waren verdwaald als de Vogelverschrikker niet zo wijs was geweest te concluderen dat ze maar beter hun richting ten opzichte van de zon konden bepalen. Geen enkele vorm van hekserij kan de richting van de zon veranderen, daarom is de zon een veilige gids.

Hoe dan ook, andere moeilijkheden lagen op hen te wachten. Het Zaagpaard stapte in een konijnenhol en viel op de grond. Het pompoenhoofd werd de lucht in geslingerd en hij zou geschiedenis zijn geweest als de Blikken Man niet op exact het moment dat hij omlaag kwam behendig de pompoen had opgevangen en zo voorkwam dat die te pletter sloeg.

Tip zette de pompoen snel weer op de nek van Sjaak en hielp hem weer op de been. Maar het Zaagpaard ontsprong de dans niet zo gemakkelijk. Want toen zijn been uit het konijnenhol was gehaald bleek dat gebroken te zijn en het moest worden vervangen of gerepareerd voor hij ook maar een stap kon verzetten.

"Dit is een ernstige zaak," zei de Blikken Man. "Als er bomen in de buurt waren kon ik misschien wel een ander been maken voor het beest, maar ik zie nog geen heester in de verre omtrek."

"En er zijn hekken noch huizen in dit deel van het Land van Oz," voegde de Vogelverschrikker er mistroostig aan toe.

"Wat zullen we doen?" vroeg de jongen.

"Ik veronderstel dat ik mijn verstand eens in werking moet zetten," antwoordde Zijne Majesteit de Vogelverschrikker, "want de ervaring leert dat ik alles kan doen als ik er maar de tijd voor neem om het uit te denken."

"Laten we allemaal eens nadenken," zei Tip, "en misschien bedenken we een manier om het Zaagpaard te repareren."

Dus gingen ze op een rijtje zitten op het gras en begonnen ze te denken, terwijl het Zaagpaard bezig was nieuwsgierig zijn gebroken ledenmaat te inspecteren.

"Doet het pijn?" vroeg de Blikken Man met een zachte sympathieke stem.

"Niet in het minst," antwoordde het Zaagpaard, "maar mijn trots is gekrenkt nu ik weet dat mijn gestel zo broos is."

Het bleef een poosje stil terwijl het groepje in gedachten verzonken was. Nu tilde de Blikken Man zijn hoofd op en keek hij over de velden.

"Wat voor een soort wezen komt er op ons af?" vroeg hij verbaasd.

De anderen volgden zijn blik en ontdekten dat het meest buitengewone object dat ze ooit hadden aanschouwd op hen af kwam. Het bewoog zich vlug en geluidloos voort over het zachte gras en binnen de kortste keren stond het voor de avonturiers en aanschouwde het hen met een al even grote verbazing als zij hem.

De Vogelverschrikker was de rust zelve onder elke omstandigheid.

"Goedemorgen!" zei hij beleefd.

De vreemdeling nam zijn hoed af met een zwier, boog heel diep en antwoordde toen:

"Goedemorgen, allemaal. Ik hoop dat u, als groep, in goede gezondheid verkeert. Sta mij toe mijn kaart te presenteren."

Bij deze hoffelijke spraak stak het een kaart uit naar de Vogelverschrikker, die hem aannam, omdraaide en nog eens omdraaide en hem toen hoofdschuddend aan Tip overhandigde.

De jongen las hardop voor:

"DHR. O.R. WOKKELKEVER, D.O."

"O jee!" riep de Pompoenstaak intens starend uit.

"Hoe vreemd!" zei de Blikken Man.

Tip zijn ogen waren rond van verwondering en het Zaagpaard zuchtte en wendde zijn hoofd af.

"Ben je echt een Wokkelkever?" informeerde de Vogelverschrikker.

"Zeker wel, mijn beste man!" antwoordde de

vreemdeling kwiek. "Staat mijn naam niet op de kaart?"

"Dat staat hij zeker," zei de Vogelverschrikker. "Maar mag ik vragen waar 'O.R.' voor staat?"

"'O.R.' betekent Opmerkelijk Reusachtige," antwoordde de Wokkelkever trots.

"O, dat zie ik." De Vogelverschrikker bekeek de vreemdeling aandachtig. "Ben je, in werkelijkheid, Opmerkelijk Reusachtig?"

"Mijn waarde heer," zei de Wokkelkever, "ik beschouw u als een rechtschapen heerschap met inzicht en scherpzinnigheid. Komt het niet bij u op dat ik verscheidene duizenden keren groter ben dan enige Wokkelkever die u ooit voor u zag? Het is daarvoor eenvoudig evident dat ik Opmerkelijk Reusachtig ben, en er is geen gegronde reden waarom u aan dat feit zou twijfelen."

"Neem mij niet kwalijk," antwoordde de Vogelverschrikker. "Mijn verstand is wat van slag sinds ik voor het laatst ben gewassen. Zou het onbeleefd zijn als ik ook vroeg waar 'D.O.' aan het einde van je naam voor staat?"

"Deze letters verklaren mijn graad," antwoordde de Wokkelkever met een neerbuigende glimlach. "Om precies te zijn, de initialen betekenen dat ik Degelijk Onderwezen ben."

"O!" zei de Vogelverschrikker opgelucht.

Tip had zijn ogen nog niet van deze wonderbaarlijke persoon afgehaald. Wat hij zag was een groot, rond, keverachtig lichaam dat werd ondersteund door twee slanke benen die eindigden in delicate voeten – waarvan de tenen opkrulden. Het lichaam van de Wokkelkever was ietwat plat en te oordelen naar wat van hem kon worden gezien had hij een glinsterende donkerbruine kleur op zijn rug, terwijl de voorkant was gestreept met verscheidene tinten lichtbruin en wit, die aan de randen versmolten. Zijn armen waren even slank als zijn benen en op een relatief lange nek bevond zich zijn hoofd – dat leek op dat van een mens, behalve dan dat zijn neus eindigde in een krullende antenne, of 'voelspriet', en boven op zijn oren droeg hij antennes die de zijkant van zijn hoofd versierden alsof het twee kleine, krullende varkensstaartjes waren. Het moet worden toegegeven dat de ronde, zwarte ogen ietwat bollig waren, maar de uitdrukking op het gezicht van de Wokkelkever was geenszins onplezierig.

Als kleding droeg het insect een donkerblauwe jas met een zwaluwstaart, met geelzijden voering en een bloem in het knoopsgat;

een vest van wit linnen dat hij strak om zijn brede lichaam droeg; een kniebroek van hertbruin pluche, op de knieën vastgezet met vergulden gespen; en op zijn kleine hoofd droeg hij een jolige, grote zijden hoed. Rechtopstaand voor onze vrienden leek de Wokkelkever even groot als de Blikken Man – het is zeker dat geen enkele kever in heel het Land van Oz ooit eerder zo'n enorme grootte had bereikt.

"Ik moet toegeven," zei de Vogelverschrikker, "dat je abrupte verschijning mij hogelijk heeft verbaasd, en zonder twijfel ook mijn metgezellen heeft overrompeld. Ik hoop echter dat deze omstandigheid geen ongemak bij je heeft veroorzaakt. We zullen met de tijd ongetwijfeld aan je gewend raken."

"Maak geen verontschuldigingen, vraag ik u!" antwoordde de Wokkelkever ernstig. "Het is mij een groot genoegen om mensen te verrassen, want voorwaar kan ik niet geclassificeerd worden onder de gewone insecten en het doet mij toekomen dat zij die ik ontmoet mij met nieuwsgierigheid en bewondering tegemoet treden."

"Dat is zeker," ging Zijne Majesteit akkoord.

"Als u mij toestaat plaats te nemen in uw augustische gezelschap," ging de vreemdeling verder, "zal ik gaarne mijn levensverhaal aan u bekend maken, opdat u dan beter in staat bent mijn ongewone – of vindt u het goed dat ik 'opmerkelijke' zeg? – verschijning te begrijpen."

Dus ging de Wokkelkever zitten op het gras, met zijn gezicht op het groepje zwervers gericht en hij vertelde hun het volgende verhaal:

Hoofdstuk 13:

Een Opmerkelijk Reusachtige Geschiedenis

et zou oneerbiedig zijn u aan het begin van mijn voordracht te onthouden dat ik werd geboren als een doodgewone Wokkelkever," begon het wezen op een openhartige en vriendelijke toon. "Ik wist niet beter en daarom gebruikte ik zowel mijn armen als benen om te lopen, ik kroop onder randen van stenen of verschool mij tussen de wortels van het gras met geen andere gedachte dan het vinden van enkele insecten kleiner dan mijzelf om me mee te voeden.

De kille nachten maakten me stijf en bewegingloos, want ik droeg geen kleding, maar elke morgen brachten de warme stralen van de zon mij nieuw leven en werd ik weer actief. Een vreselijk bestaan is dit, maar je moet je ervan bewust zijn dat dit het normale voorbestemde bestaan van alle Wokkelkevers is en ook van vele andere kleine wezens die de aarde bevolken.

Maar het Lot had mij verkozen, nederig als ik was, voor een grotere bestemming! Op een dag kroop ik vlak bij een plattelandsschoolgebouw en mijn nieuwsgierigheid werd geprikkeld door het monotone geroezemoes van de studenten die binnen waren. Ik schraapte al mijn moed bij elkaar om naar binnen te gaan en sloop via een spleet tussen twee planken naar het uiterste einde, vanwaar ik de meester voor een haard met gloeiende sintels achter zijn bureau kon zien zitten.

Niemand was zo'n klein wezen als een Wokkelkever opgevallen en toen ik ontdekte dat de haard zelfs warmer en comfortabeler was dan de zon, besloot ik om mijn toekomstige huis ernaast te hebben. Ik vond een allerliefst plekje tussen twee stenen en ik verschool mezelf er vele, vele maanden in.

Professor Weetal is, zonder twijfel, de bekendste geleerde van het Land van Oz en na een paar dagen begon ik te luisteren naar de colleges en verhandelingen die hij zijn leerlingen gaf. Geen van hen was meer bij de les dan de nederige, onopvallende Wokkelkever en zodoende verwierf ik een berg kennis waarvan ikzelf moet toegeven dat het wonderlijk is. Dat is waarom ik 'D.O.' – Degelijk Onderwezen – op mijn kaartjes heb staan, want mijn grootste trots ligt in het feit dat de wereld geen andere Wokkelkever voort kan brengen met ook maar een tiende deel van mijn eigen ontwikkeling en kennis."

"Ik geef je geen ongelijk," zei de Vogelverschrikker. "Onder wijs is een ding om trots op te zijn. Ik ben zelf ook onderwezen. De rommel die doorgaat voor mijn verstand is mij gegeven door de Grote Tovenaar en wordt door mijn vrienden beschouwd als onovertroffen.”

“Desalniettemin,” onderbrak de Blikken Man hen, “een goed hart is, naar mijn idee, wenselijker dan onderwijs of verstand.”

“Voor mij,” zei het Zaagpaard, “is een goed been wenselijker dan beide.”

“Zijn zaden gelijk aan verstand?” informeerde de Pompoenstaak kortaf.

“Wees stil!” beval Tip streng.

“Natuurlijk, vaderlief,” antwoordde Sjaak gehoorzaam.

De Wokkelkever luisterde geduldig – zelfs respectvol – naar deze opmerkingen en toen ging hij verder met zijn verhaal.

“Ik moet zo ongeveer drie hele jaren in die beschutte schoolgebouwhaard hebben geleefd,” zei hij, “gretig drinkend van de eeuwig wellende bron der klinkklare kennis die voor mij lag.”

“Volkomen poëtisch,” merkte de Vogelverschrikker op en hij knikte goedkeurend met zijn hoofd.

“Maar op een dag,” ging de Kever verder, “vond er een wonderbaarlijke gebeurtenis plaats die mijn bestaan voor altijd zou veranderen en mij bracht tot het toppunt van mijn grootsheid. De Professor ontdekte me terwijl ik langs de haard kroop en nog voor ik kon ontsnappen werd ik gegrepen tussen duim en wijsvinger.

‘Mijn lieve kinderen,’ zei hij, ‘ik heb zojuist een Wokkelkever gevangen – een bijzonder zeldzaam en interessant exemplaar bovendien. Weet iemand van jullie wat een Wokkelkever is?’

‘Nee!’ riepen de leerlingen in koor.

‘Dan,’ zei de Professor, ‘zal ik mijn beroemde vergrootglas pakken en het insect op een scherm laten zien in een opmerkelijk reusachtige vorm, zodat jullie allemaal zijn eigenaardige constructie voorzichtig kunnen bestuderen en bekend kunnen raken met zijn gewoonten en manier van leven.’

Toen haalde hij uit een kast een zeer curieus instrument en nog voor ik me goed en wel realiseerde wat er gebeurde, trof ik mezelf opmerkelijk reusachtig aan op een scherm – met de grootte waarin jullie me nu waarnemen.

De studenten gingen op hun stoelen staan en bewogen hun hoofden voorwaarts om een beter zicht op me te hebben en twee

kleine meisjes sprongen op de vensterbank van een open raam, vanwaar ze het nog beter konden zien.

'Aanschouw!' riep de Professor met een luide stem, 'deze opmerkelijk reusachtige Wokkelkever, een van de meest curieuze insecten die er bestaan!'

Omdat ik Degelijk Onderwezen was, wist ik wat er van een beschaafd heerschap werd verwacht en bij deze samenloop van omstandigheden stond ik rechtop en met mijn hand op mijn borst maakte ik een zeer beleefde buiging. Mijn handelen, dat onverwacht was, moet hen hebben doen schrikken, want een van de kleine meisjes die op de vensterbank van het open raam stonden gaf een schreeuw, viel achterover uit het raam en ze trok haar vriendin met zich mee toen ze uit het zicht verdween.

De Professor gaf een schreeuw van schrik en haastte zich de deur door om te zien of de meisjes zich pijn hadden gedaan bij het vallen. De leerlingen stoven wild achter hem aan en ik bleef alleen achter in het klaslokaal, nog steeds Opmerkelijk Reusachtig en vrij om te doen wat ik wilde.

Het drong ogenblikkelijk tot mij door dat het een uitgelezen kans was om te ontsnappen. Ik was trots op mijn grote omvang en realiseerde me dat ik vanaf nu veilig over de wereld kon reizen en dat mijn achtergrond me een geschikt gezelschap zou maken voor zelfs de meest geleerde persoon die ik bijkans tegen kon komen.

Dus, terwijl de Professor de kleine meisjes overeind hielp – die eerder geschrokken dan gewond waren – en de pupillen zich eromheen hadden verzameld, liep ik kalmpjes het schoolgebouw uit, ging de hoek om en ontsnapte onopgemerkt tussen een dichtbij staand groepje bomen door."

"Schitterend!" riep de Pompoenstaak bewonderend.

"Dat was het zeker," bevestigde de Wokkelkever. "Ik ben nooit gestopt mezelf te feliciteren met mijn ontsnapping terwijl ik Opmerkelijk Reusachtig was, want zelfs mijn uitgebreide kennis zou me van weinig nut geweest zijn als ik een klein, onbeduidend insect was gebleven."

"Ik heb nooit geweten," zei Tip, die de Wokkelkever perplex aankeek, "dat insecten kleren droegen."

"Dat doen ze ook niet in hun natuurlijke staat," antwoordde de vreemdeling. "Maar gedurende mijn zwerftochten had ik het geluk het negende leven van een kleermaker te redden – kleermakers hebben, evenals katten, negen levens, zoals je waarschijnlijk weet. De beste man was daar uitermate dankbaar voor, want had hij zijn negende leven verloren, dan zou dat zijn einde hebben betekend, dus smeekte hij mij om het stijlvolle kostuum voor me te mogen maken dat ik nu draag. Het staat netjes, nietwaar?" En de Wokkelkever stond op en draaide zichzelf langzaam om, zodat allen hem konden bekijken.

"Hij was vast en zeker een goede kleermaker," zei de Vogelverschrikker, die ietwat jaloers was.

"Hij was een goedhartige kleermaker, zonder twijfel," merkte Niek Hakker op.

"Maar waar ging je naartoe toen je ons tegenkwam?" vroeg Tip aan de Wokkelkever.

"Nergens in het bijzonder," was het antwoord, "al is het mijn intentie om binnenkort de Smaragd Stad een bezoekje te brengen en een reeks voordrachten over de 'Voordelen van Reusachtig' te geven aan een select publiek."

"Wij zijn juist onderweg naar de Smaragd Stad," zei de Blikken Man, "dus als je wilt, ben je welkom om in ons gezelschap mee te reizen."

De Wokkelkever maakte een overduidelijke gracieuze buiging.

"Het zou me een genoegen zijn," zei hij, "uw vriendelijke uitnodiging te aanvaarden, want nergens anders in het Land van Oz kan ik hopen om in zo'n gelijkgestemd gezelschap te verkeren."

"Dat is waar," bevestigde de Pompoenstaak. "We zijn zo gelijkgestemd als vliegen en <u>honingstroop</u>."

"Maar – vergeef mij als ik te veel vraag – maar zijn jullie zelf niet – ehm! – ietwat ongewoon?" vroeg de Wokkelkever, die van de een naar de ander keek met onverholen interesse.

"Niet meer of minder dan jijzelf," antwoordde de Vogelverschrikker. "Alles in het leven is ongewoon tot je eraan gewend bent geraakt."

"Wat een zeldzame filosofie!" riep de Wokkelkever vol bewondering uit.

"Ja, mijn verstand werkt optimaal vandaag," gaf de Vogelverschrikker toe en hij had een hint van trots in zijn stem.

"Goed, als jullie voldoende uitgerust en verfrist zijn, laten wij dan onze stappen richting de Smaragd Stad zetten," zei de Reusachtige.

"Dat kunnen we niet," zei Tip. "Het Zaagpaard heeft een gebroken been, dus kan hij zijn stappen niet zetten. En er is geen hout in de buurt om een nieuw been voor hem van te maken. En we kunnen hem ook niet achterlaten, want de Pompoenstaak is zo stijf dat hij hem wel moet berijden."

"Wat een ongelukkig samenloop van omstandigheden!" riep de Wokkelkever. Toen keek hij eens voorzichtig naar het gezelschap en zei:

"Als de Pompoenstaak toch wordt gedragen, waarom gebruiken we niet een van zijn benen om die van het paard dat hem draagt te maken? Zo te zien zijn beide van hout gemaakt."

"Dat, noem ik nog eens echt briljant," zei de Vogelverschrikker goedkeurend. "Ik vraag me af waarom mijn verstand daar niet al veel eerder aan heeft gedacht! Aan het werk, mijn beste Niek en zet het been van de Pompoenstaak aan het Zaagpaard."

Sjaak was niet ondersteboven van dit idee, maar hij onderging gelaten de amputatie van zijn linkerbeen door de Blikken Man, die het daarna in vorm sneed zodat het op het Zaagpaard paste. Ook het Zaagpaard was niet blij met de operatie, want hij klaagde steen en been over het 'slachten', zoals hij het noemde en toen het achter de rug was verklaarde hij dat het nieuwe been een schande was voor een respectabel Zaagpaard.

"Als ik jou was zou ik maar voorzichtig zijn met wat ik zei," zei de Pompoenstaak scherp. "Onthoud alsjeblieft dat het mijn been is dat je beledigt."

"Ik kan het niet vergeten," protesteerde het Zaagpaard, "want het is net zo ondeugdelijk als de rest van jouw persoon."

"Ondeugdelijk! Ik ondeugdelijk!" riep Sjaak woedend. "Hoe durf je mij ondeugdelijk te noemen?"

"Omdat je net zo absurd gebouwd bent als een <u>Sjaak-uit-een-doosje</u>," sneerde het paard en hij rolde gemeen met zijn knoestige oog. "Zelfs je hoofd kan niet normaal blijven zitten en je weet van voren niet dat je van achteren leeft!"

"Vrienden, ik doe een dringend beroep op jullie om niet te twisten!" verzocht de Blikken Man hun indringend. "Het is een voldongen feit dat geen van ons boven kritiek verheven is, laten wij dus berusten in elkaars gebreken.”

“Een uitstekende suggestie,” zei de Wokkelkever goedkeurend. “Je moet wel een buitengewoon goed hart hebben, mijn metalen vriend.”

“Dat heb ik,” antwoordde Niek in zijn nopjes. “Mijn hart is mijn beste onderdeel. Maar laten wij onze reis beginnen.”

Ze zetten de eenbenige Pompoenstaak op het Zaagpaard en bonden hem stevig vast op zijn plaats, zodat hij er onmogelijk af kon vallen.

En toen gingen ze richting de Smaragd Stad, achter de Vogelverschrikker aan die het voortouw nam.

Hoofdstuk 14:

De Oude Mombi

Doet

aan

Hekserij

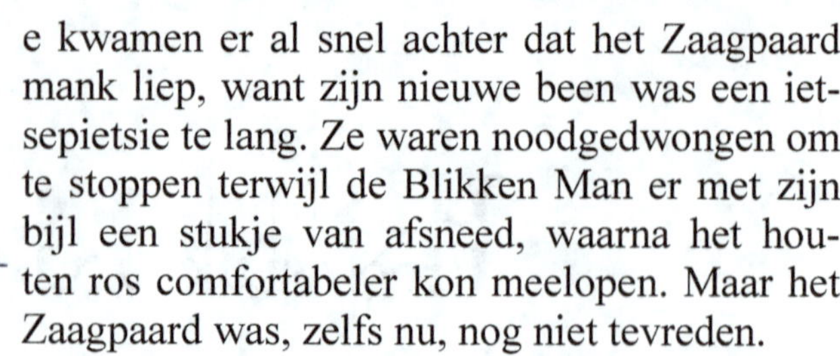

e kwamen er al snel achter dat het Zaagpaard mank liep, want zijn nieuwe been was een ietsepietsie te lang. Ze waren noodgedwongen om te stoppen terwijl de Blikken Man er met zijn bijl een stukje van afsneed, waarna het houten ros comfortabeler kon meelopen. Maar het Zaagpaard was, zelfs nu, nog niet tevreden.

"Het was zonde om mijn andere been te breken!" gromde het.

"Integendeel," merkte de Wokkelkever, die naast hem liep, luchtig op, "het was een buitengewoon gelukkig ongeval. Want een paard is van niet veel nut tot het gebroken is."

"Neem me niet kwalijk," zei Tip, die zich erover opwond, want hij had diepe gevoelens voor zowel het Zaagpaard als zijn man Sjaak, "maar sta mij toe u erop te wijzen dat uw grap misselijkmakend is en zo oud als hij misselijk is."

"Waar, maar het blijft een grap," verklaarde de Wokkelkever, "en een grap is een spel met woorden en wordt onder onderwezen mensen als een buitengewoon nette zaak beschouwd."

"Wat betekent dat?" informeerde de Pompoenstaak nogal dommig.

"Het betekent, mijn goede vriend," legde de Wokkelkever uit, "dat onze taal woorden bevat met een dubbele betekenis, en het betekent dat wanneer een grappenmaker bij het uitspreken van een grap beide betekenissen van het woord gebruikt, hij daarmee bewijst dat hij een beschaafd en ontwikkeld persoon is en bovendien heeft hij dan een uitzonderlijk goed begrip van taal."

"Dat geloof ik niet," zei Tip ronduit, "iedereen kan een woordgrap maken."

"Niet waar," reageerde de Wokkelkever stijfjes. "Het vereist een hoger onderwijs. Ben jij onderwezen, jonge man?"

"Niet in het bijzonder," gaf Tip toe.

"Dan kun je de zaak niet beoordelen. Ik ben zelf Degelijk Onderwezen en ik zeg dat woordgrappen een teken van genialiteit zijn. Bijvoorbeeld, zou ík op dit Zaagpaard rijden, dan zou hij geen paard meer zijn – hij zou een <u>vliegend hert</u> zijn, dat ook bekend staat als <u>paardenkever</u>."

Hierop snakte de Vogelverschrikker naar adem en de Blikken

Man stond abrupt stil en keek de Wokkelkever misprijzend aan. Het Zaagpaard snoof tegelijkertijd spottend en zelfs de Pompoenstaak deed zijn hand voor zijn mond om zijn glimlach op zijn gezicht, die hij niet tot een frons kon vormen omdat die uitgesneden was, te verbergen.

Maar de Wokkelkever kuierde onverstoord verder alsof hij een briljante opmerking had gemaakt en de Vogelverschrikker voelde zich genoodzaakt te zeggen:

"Ik heb vernomen, mijn beste, dat een persoon ook over-onderwezen kan worden en hoewel ik het uiterste respect heb voor verstand, ongeacht hoe geordend of geclassificeerd het is, begin ik te vermoeden dat dat van jou lichtelijk in verwarring verkeert. Hoe het dan ook zij, ik moet je dringend verzoeken om je superieure onderwijs in toom te houden als je in ons gezelschap verkeert."

"We zijn niet veeleisend," voegde de Blikken Man eraan toe, "en we zijn buitengewoon vriendelijk van hart. Maar als je superieure ontwikkeling weer gaat lekken dan …" Hij maakte zijn zin niet af, maar draaide zo nonchalant met zijn glimmende bijl dat de Wokkelkever angstig keek en op een veilige afstand ging staan.

De anderen marcheerden in stilte verder, en de Opmerkelijk Reusachtige zei nadat hij een poosje diep in gedachten verzonken was geweest met een nederige stem:

"Ik zal me tot het uiterste inspannen mezelf in toom te houden."

"Dat is alles wat we vragen," antwoordde de Vogelverschrikker opgewekt, en zo werd de goede stemming van het gezelschap hersteld en ze vervolgden hun weg.

Toen ze weer stopten om Tip wat rust te gunnen – de jongen was de enige die vermoeid leek te worden – viel het de Blikken Man op dat er kleine, ronde gaten in de grassige weide zaten.

"Dit moet de woonplaats van de Veldmuizen zijn," zei hij tegen de Vogelverschrikker. "Ik vraag mij af of mijn oude vriendin, de Veldmuizenkoningin, toevallig in de buurt is."

"Als dat zo is, kan ze ons een grote dienst bewijzen," antwoordde de Vogelverschrikker, die spontaan iets bedacht. "Kijk eens of je haar kunt roepen, mijn beste Niek."

Dus blies de Blikken Man een schrille noot op een zilveren fluitje dat om zijn nek hing, en vrijwel direct kwam er een kleine grijze muis uit een vlakbij gelegen holletje gekropen die zonder angst of beven dichterbij kwam. Want de Blikken Man had haar eens het leven gered en de Koningin van de Veldmuizen wist dat zij niet bang voor hem hoefde te zijn.

"Goedendag, Uwe Majesteit," zei Niek beleefd tegen de muis, "hopelijk verkeert u in goede gezondheid?"

"Dank je, ik voel me uitstekend," antwoordde de Koningin ernstig terwijl ze ging zitten en haar gouden kroontje op haar hoofd verschoof. "Is er iets dat ik voor mijn oude vrienden kan betekenen?"

"Dat is er zeker," antwoordde de Vogelverschrikker opgewonden. "Ik smeek u, laat me een dozijn van uw onderdanen met mij meebrengen naar de Smaragd Stad."

"Kunnen ze op de een of andere manier gewond raken?" vroeg de Koningin vertwijfeld.

"Dat denk ik niet," antwoordde de Vogelverschrikker. "Ik zal ze verscholen in het stro waar mijn lichaam mee gevuld is dragen en als ik hun een teken geef door de knopen van mijn jasje los te maken, hoeven ze zich alleen maar naar buiten te haasten en zo snel als ze kunnen naar huis te gaan. Als ze dit voor mij doen, helpen ze mij mijn troon terug te winnen, die is namelijk door het Leger van Opstand van mij afgenomen."

"In dat geval," zei de Koningin, "zal ik je verzoek inwilligen. Als je zover bent, zal ik een dozijn van mijn intelligentste onderdanen roepen."

"Ik ben er klaar voor," antwoordde de Vogelverschrikker. Toen ging hij plat op de grond liggen en knoopte zijn jasje los, waardoor het stro waarmee hij gevuld was zichtbaar werd.

De Koningin maakte een fluitend geluid en ogenblikkelijk kwamen er twaalf kleine veldmuizen uit hun holletjes gekropen die voor hun regent gingen staan, in afwachting van haar bevelen.

Wat de Koningin tegen hen zei kon geen van de reizigers verstaan, want het was in de taal der muizen, maar de veldmuizen gehoorzaamden zonder aarzelingen en renden, de een na de ander, richting de Vogelverschrikker en verscholen zich tussen het stro van zijn borst.

Toen alle twaalf muizen zich hadden verscholen, knoopte de Vogelverschrikker zijn jasje veilig dicht en bedankte de Koningin voor haar vriendelijkheid.

"Er is nog één ding dat u voor ons zou kunnen doen," stelde de Blikken Man voor, "vooruitrennen en ons de weg naar de Smaragd

Stad wijzen. Want een zekere tegenstander is overduidelijk van plan te voorkomen dat wij daar aankomen."

"Dat doe ik graag," antwoordde de Koningin. "Ben je er klaar voor?"

De Blikken Man keek naar Tip.

"Ik heb genoeg gerust," zei de jongen. "Laten we verdergaan."

Toen vervolgden ze hun reis. De grijze Veldmuizenkoningin snelde hen vooruit, wachtte tot de reizigers dichterbij kwamen en dan stoof ze weer weg.

Zonder deze onfeilbare gids hadden de Vogelverschrikker en zijn kameraden misschien wel nooit de Smaragd Stad bereikt, want de oude Mombi plaatste met haar kunsten vele hindernissen op hun pad. En toch was geen van deze hindernissen er in werkelijkheid – allemaal waren ze sluw bedachte misleidingen. Want toen ze bij de oever van een rivier kwamen die hen de weg wilde versperren, ging de Koningin dwars door de ogenschijnlijke vloed heen en bleef ze ongedeerd, en onze reizigers volgden haar zonder ook maar een spatje water tegen te komen.

Vervolgens torende er een grote granieten muur boven hun hoofden uit en stond hun in de weg. Maar de grijze Veldmuis liep er dwars doorheen en de anderen deden hetzelfde. Toen ze er voorbijgingen smolt de muur weg in een mist.

Nadat ze even gestopt waren om Tip een kort moment te laten rusten, zagen ze dat het pad zich in veertig paden vertakte vanaf de plek waar ze stonden en die paden gingen in wel veertig verschillende richtingen, en kort daarop begonnen deze veertig wegen rond te draaien als een machtig wiel, eerst in de ene richting en dan in de andere richting, hun zicht compleet vertroebelend.

Maar de Koningin riep hun haar te volgen en ging in een rechte lijn verder, toen ze een paar passen hadden verzet verdween het wiel van draaiende paden en was het nergens meer te bekennen.

Mombi's laatste truc was de meest beangstigende van allemaal. Ze zond een deken van vlammen over de weide om hen te verdelgen, en voor de eerste keer werd de Vogelverschrikker bang en draaide zich om om te vluchten.

"Als het vuur me bereikt ben ik zo weg!" zei hij, trillend tot zijn stro ervan ging ratelen. "Het is het gevaarlijkste wat ik ooit ben tegengekomen."

"Ik ga er ook vandoor!" riep het Zaagpaard. Hij draaide zich om en steigerde van opwinding. "Mijn hout is zo droog dat het brand als aanmaakhout."

"Is vuur gevaarlijk voor pompoenen?" vroeg Sjaak angstig.

"Je zult gebakken worden als een taart – en ik ook!" antwoordde de Wokkelkever, die nu op handen en voeten ging staan om sneller de benen te kunnen nemen.

Maar de Blikken Man, die geen angst voor het vuur had, wist met een paar verstandige woorden een stormloop te voorkomen.

"Kijk naar de Veldmuis!" schreeuwde hij. "Het vuur verbrandt haar niet in het minst. Sterker, er is helemaal geen vuur, het is alleen maar een illusie."

En inderdaad, het kijken naar hoe de kleine Koningin kalmpjes door de dichterbij komende vlammen liep deed de moed van de leden van het gezelschap weer aanwakkeren, en ze volgden haar zonder een schroeiplek op te lopen.

"Dit is zeker een buitengewoon avontuur," zei de Wokkelkever, die zich enorm verbaasde, "want het druist in tegen alle Natuurwetten die ik Professor Weetal in het schoolgebouw heb horen onderwijzen."

"Natuurlijk doet het dat," zei de Vogelverschrikker wijs. "Alle magie is onnatuurlijk en om die reden moet die gevreesd en gemeden worden. Maar ik zie de poorten van de Smaragd Stad, dus veronderstel ik dat we nu alle magische versperringen die ons wilden hinderen hebben doorstaan."

En jawel, de muren van de Stad waren duidelijk zichtbaar en de Veldmuizenkoningin, die hen als gids zo trouw gediend had, kwam dichterbij om afscheid te nemen.

"We zijn Uwe Majesteit erg dankbaar voor uw hulp," zei de Blikken Man en hij maakte een buiging voor het schattige beestje.

"Het is me altijd een genoegen mijn vrienden van dienst te kunnen zijn," antwoordde de Koningin en in een flits was ze weer vertrokken, op weg naar huis.

Hoofdstuk 15:

De Gevangenen van de Koningin

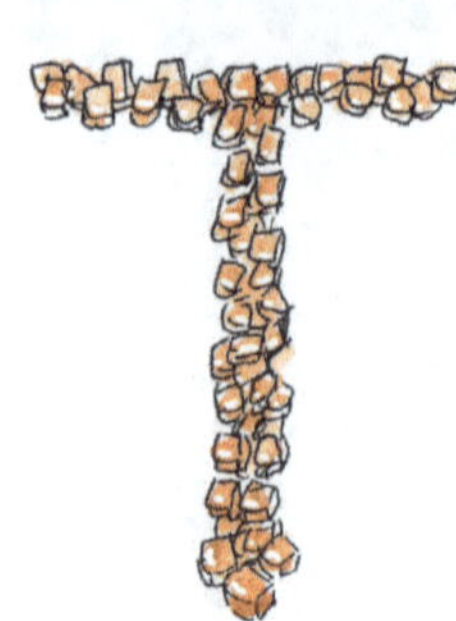oen de reizigers de poort van de Smaragd Stad naderden, bleek hij door twee meisjes van het Leger van Opstanding bewaakt te worden. De toegang werd hun versperd doordat de twee meisjes hun breinaalden uit hun haren haalden en dreigden de eerste de beste die dichterbij kwam te prikken.

Maar de Blikken Man was niet bang.

"In het ergste geval maken ze krassen op mijn prachtige nikkelbeplating," zei hij. "Veel erger zal het niet worden. Ik denk dat ik deze absurde soldaten vrij gemakkelijk bang kan maken. Jullie allemaal moeten mij op de voet volgen!"

Toen zwaaide hij zijn bijl in een grote cirkel van links naar rechts voor hem uit en de anderen volgden vastberaden.

De meisjes, die geen tegenstand verwacht hadden, waren doodsbang voor de glimmende bijl en verlieten hun post en vluchtten de stad in, waardoor onze reizigers veilig door de poorten konden en over de groen marmeren bestrating van de brede straat naar het koninklijk paleis konden marcheren.

"In dit tempo hebben we Uwe Majesteit binnen de kortste keren weer op de troon gezet," zei de Blikken Man lachend over de gemakkelijk behaalde overwinning op de bewakers.

"Dank je, vriend Niek," antwoordde de Vogelverschrikker dankbaar. "Niets kan op tegen jouw vriendelijke hart en je scherpe bijl."

Door de open deuren van de rijen huizen die ze passeerden zagen ze dat de mannen de vloeren veegden en aan het afstoffen waren en de afwas deden, terwijl de vrouwen zich in groepjes ophielden en roddelden en lachten.

"Wat is er gebeurd?" vroeg de Vogelverschrikker aan een bedroefd uitziende man met een verwarde baard die een schort droeg en een kinderwagen voor zich uit duwde.

"Kijk, we hebben een revolutie gehad, Uwe Majesteit – zoals u heus wel weet," antwoordde de man, "en sinds u ervandoor bent gegaan hebben de vrouwen de zaken naar hun eigen hand gezet. Ik ben blij dat u terug bent gekomen om de orde te herstellen, want het huishouden doen en voor de kinderen zorgen vergt meer kracht dan menig man in de Smaragd Stad kan opbrengen."

"Hm!" zei de Vogelverschrikker bedachtzaam. "Als het inderdaad is zoals je zegt, hoe deden de vrouwen het dan zo gemakkelijk?"

"Ik zou het echt niet weten," antwoordde de man met een diepe zucht. "Misschien zijn de vrouwen wel van gietijzer gemaakt."

Onze vrienden konden ongehinderd doorlopen; er werd geen enkele weerstand geboden. Verschillende vrouwen stopten lang genoeg met hun geroddel om nieuwsgierige blikken op onze vrienden te werpen, maar vrijwel direct keken ze weer weg met een minachtende lach of een valse grijns en gingen weer verder met hun geklets. Ook kwamen ze een aantal meisjes tegen dat tot het Leger van Opstand behoorde. Deze soldaten, die niet gealarmeerd of verrast leken, stapten doodleuk aan de kant en lieten hen zonder een woord van protest verdergaan.

Dit maakte dat de Vogelverschrikker zich ongemakkelijk begon te voelen.

"Ik ben bang dat we in een val lopen," zei hij.

"Onzin!" reageerde Niek Hakker zelfverzekerd, "die gekke meiden zijn al verslagen!"

Maar de Vogelverschrikker schudde vertwijfeld zijn hoofd en Tip zei:

"Het gaat veel te gemakkelijk, dit alles. Wees op je hoede."

"Zal ik doen," antwoordde Zijne Majesteit.

Zonder enige weerstand bereikten ze het koninklijk paleis en marcheerden de marmeren trappen op, die eens rijkelijk bezet waren met smaragden maar die nu vol zaten met gaatjes waar het Leger van Opstand genadeloos de juwelen uit had getrokken. En tot dusver had nog geen rebel hun de weg versperd.

De Blikken Man en zijn volgers marcheerden door de gewelfde gangen op weg naar de prachtige troonzaal, waar ze, toen het groen zijden gordijn achter hen viel, iets aparts zagen.

Op de glinsterende troon zat Generaal Djindjur, met de op één na beste kroon van de Vogelverschrikker op haar hoofd en ze hield de koninklijke <u>scepter</u> in haar rechterhand. Een doosje met karamel<u>hopjes</u> lag op haar schoot en het meisje leek zich geheel op haar gemak te voelen in deze koninklijke entourage.

De Vogelverschrikker stapte naar voren en sprak haar aan terwijl de Blikken Man op zijn bijl leunde en de anderen in een halve cirkel achter Zijne Majesteit stonden.

"Hoe durf je op mijn troon te zitten?" wilde de Vogelverschrikker weten. Hij keek de indringer strak aan. "Weet je wel dat je schuldig bent aan hoogverraad en dat er een wet is tegen hoogverraad?"

"De troon behoort eenieder toe die hem te pakken kan krijgen," antwoordde Djindjur terwijl ze nog een karamelhopje at. "Ik heb de troon in bezit genomen, zoals je kunt zien, dus ben ik nu koningin, en allen die tegen mij in opstand komen zijn schuldig aan hoogverraad en moeten bestraft worden volgens de wet die jij zojuist aanhaalde."

Zo had de Vogelverschrikker de zaak nog niet bekeken en hij raakte in verwarring.

"Hoe kan dit, vriend Niek?" vroeg hij terwijl hij zich naar de Blikken Man draaide.

"Nou, als het op wetgeving aankomt, heb ik niets te zeggen," antwoordde deze. "Want wetten zijn nooit bedoeld om te worden begrepen en het zou dwaas zijn het te proberen."

"Wat moeten we dan doen?" vroeg de Vogelverschrikker ontsteld.

"Waarom trouw je niet met de Koningin? Dan kunnen jullie beiden regeren," stelde de Wokkelkever voor.
Djindjur keek het insect woedend aan.

"Waarom stuur je haar niet terug naar haar moeder, waar ze thuishoort?" vroeg Sjaak Pompoenstaak.
Djindjur fronste.

"Waarom sluit je haar niet op in een kast totdat ze zich zal gedragen en belooft een brave meid te zijn?" wilde Tip weten. Djindjur trok minachtend haar lip op.

"Of schud haar eens flink door elkaar!" voegde het Zaagpaard eraan toe.

"Nee," zei de Blikken Man, "we moeten het arme wicht met tederheid tegemoet treden. Laat ons haar al de juwelen geven die ze kan dragen, en laten wij haar daarna gelukkig en tevrêe haars weegs laten gaan."

Hierop lachte Koningin Djindjur luid, en een moment later klapte ze driemaal in haar handen, alsof ze een signaal gaf.

"Jullie zijn een stel vreemde wezens," zei ze, "maar ik ben jullie nonsens beu en ik heb verder geen zin me nog langer met jullie bezig te houden."

Terwijl de monarch en zijn vrienden met verbazing luisterden naar deze onbeschaamde woorden gebeurde er iets verbazingwekkends. De bijl van de Blikken Man werd vanachter hem door iemand weggegrist, en hij was ontwapend en ontredderd. Op dat moment schalde gejuich en gelach in de oren van onze trouwe kameraden, en toen ze zich omdraaiden om te zien waar dit alles vandaan kwam bleken ze omsingeld te zijn door het Leger van Opstand, en in elke hand hielden de meisjes een breinaald. De hele kamer leek gevuld met rebellen, en de Vogelverschrikker en zijn kameraden realiseerden zich dat zij gevangenen waren.

"Zie je nu hoe dwaas het is om tegen een vrouw in opstand te komen," zei Djindjur vrolijk. "En dit bewijst maar weer eens te meer waarom ik beter geschikt ben om de Smaragd Stad te regeren dan een Vogelverschrikker. Ik heb geen kwaad in de zin, dat verzeker ik jullie, maar als jullie problemen veroorzaken in de toekomst zal ik bevelen jullie te vernietigen. Dat is, allemaal behalve de jongen, hij behoort toe aan de oude Mombi en moet weer aan haar worden toevertrouwd. De rest van jullie zijn geen mensen, en daarom zal het geen kwaad kunnen jullie te vernietigen. Het Zaagpaard en het lichaam van de Pompoenstaak zal ik laten omhakken tot aanmaakhoutjes, en de pompoen zal in taarten belanden. De Vogelverschrikker zal goed van pas komen bij het aansteken van een vreugdevuur, en de conservenman kan in kleine stukjes gesneden worden en zal aan de geiten worden gevoerd. Wat de immense Wokkelkever betreft ..."

"Opmerkelijk Reusachtige, als 't u belieft!" onderbrak het insect haar.

"Ik denk dat ik de kok vraag een grote pan groene schildpadsoep van je te maken," ging de Koningin hardop denkend verder.

De Wokkelkever sidderde.

"Of, als dat niet wil lukken, kunnen we je misschien gebruiken voor een Hongaarse goulash, gestoofd en goed gekruid," voegde ze er wreed aan toe.

Het vernietigingsprogramma was zo angstaanjagend dat de gevangenen elkaar met angst en beven paniekerig aankeken. Alleen de Vogelverschrikker gaf niet toe aan de wanhoop. Hij stond stilletjes voor de Koningin en zijn voorhoofd rimpelde van zijn diepe overpeinzingen terwijl hij zocht naar een manier om te ontsnappen.

Terwijl hij diep in gedachten verzonken was voelde hij het stro in zijn borst zachtjes bewegen. Ogenblikkelijk veranderde zijn triest uitdrukking in een vrolijke, hij hief zijn hand op en ontknoopte vluchtig zijn jasje.

Deze handeling was niet onopgemerkt gebleven door de aanwezige meisjes die om hem heen stonden, maar geen van hen had in de gaten wat hij deed, tot er een grijze muis vanuit zijn boezem op de vloer sprong en er haastig vandoor ging tussen de benen van het Leger van Opstand door. Een andere muis volgde snel daarna, en toen nog een en nog een, en zo volgden ze elkaar in snel tempo op. En plotseling klonk er een schreeuw van angst uit het Leger die zelfs het moedigste hart in <u>consternatie</u> had kunnen brengen. De vlucht die erop volgde werd een stormloop, en de stormloop werd totale paniek.

Terwijl de geschrokken muizen wild door de kamer renden, was al wat de Vogelverschrikker zag een waas van rondtollende rokken en snelle voeten terwijl de meisjes het paleis uitrenden – duwend en trekkend aan elkaar in hun uitzinnige pogingen om te ontsnappen.

De Koningin ging in eerste instantie op de kussens van de troon staan en begon krankzinnig op haar tenen te dansen en te springen. Toen rende er een muis de kussens op, en van paniek sprong ze over het hoofd van de Vogelverschrikker en ontsnapte door een gebogen poort – en ze hield geen moment stil tot ze de poorten van de stad had bereikt.

In minder tijd dan ik kan vertellen, was de troonzaal helemaal verlaten behalve door de Vogelverschrikker en zijn vrienden, en de Wokkelkever gaf een diepe zucht van opluchting terwijl hij uitriep:

"We mogen van geluk spreken dat we veilig zijn!"

"Voorlopig, ja," antwoordde de Blikken Man. "Maar de vijand zal snel terugkomen, vrees ik."

"Laten we alle toegangen tot het paleis barricaderen!" zei de Vogelverschrikker. "Dan hebben we daarna de tijd om te bedenken wat we kunnen doen."

Dus renden ze allemaal, behalve Sjaak Pompoenstaak, die nog aan het Zaagpaard zat vastgebonden, een kant op en sloten de verschillende zware deuren van de ingangen grondig af met grendels en sloten. Toen, toen ze wisten dat het Leger van Opstand de barricades de komende paar dagen niet kon doorbreken, verzamelden de avonturiers zich weer in de troonzaal voor een plan de campagne.

Hoofdstuk 16:

De Vogelverschrikker Neemt de Tijd om Na te Denken

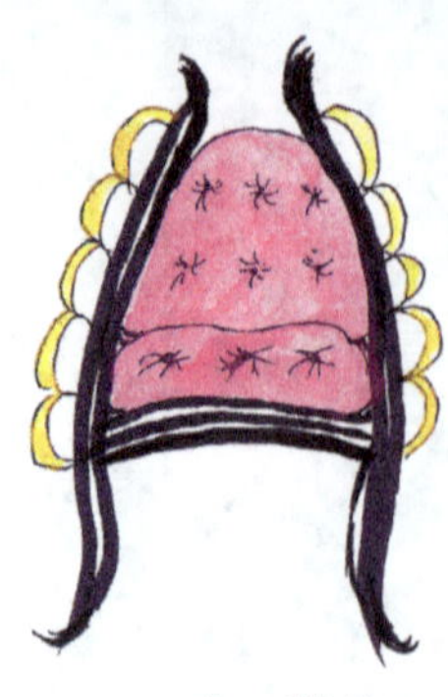

et lijkt me," begon de Vogelverschrikker toen ze allemaal weer terug in de troonzaal waren, "dat het meisje Djindjur het recht heeft te claimen dat ze koningin is. En als ze gelijk heeft, dan heb ik ongelijk, en dan hebben we het recht niet haar paleis bezet te houden."

"Maar je was koning tot zij kwam," zei de Wokkelkever, die heen en weer ijsbeerde met zijn handen in zijn zakken, "dus lijkt het mij dat zij de indringer is en niet jij."

"Helemaal nu we haar hebben verslagen en verdreven," voegde de Pompoenstaak eraan toe terwijl hij met zijn handen zijn hoofd richting de Vogelverschrikker draaide.

"Hebben we haar werkelijk verslagen?" vroeg de Vogelverschrikker stilletjes. "Kijk eens uit het raam en vertel me wat je ziet." Tip rende naar het raam en keek naar buiten.

"Het paleis is omringd door een dubbele rij meisjessoldaten," verkondigde hij.

"Dat dacht ik wel," antwoordde de Vogelverschrikker. "We zijn nog net zo haar gevangenen als zonet, voordat de muizen ze de stuipen op het lijf en het paleis uit joegen."

"Mijn vriend heeft gelijk," zei Niek Hakker, die zijn borst had opgepoetst met een stuk zeemleer. "Djindjur is nog steeds koningin en wij zijn haar gevangenen."

"Ik hoop maar dat ze ons niet te pakken kan krijgen," zei de Pompoenstaak terwijl er een huivering van angst door hem heen ging. "Ze dreigde taarten van me te maken, weet je."

"Maak je geen zorgen," zei de Blikken Man. "Het maakt toch geen verschil. Als je hier opgesloten blijft zul je, hoe dan ook, na verloop van tijd vergaan. Een goede taart is veel beter dan vergane kennis."

"Heel waar," bevestigde de Vogelverschrikker.

"O, jee!" weende Sjaak, "wat een wreed lot is dat van mij! Waarom, vaderlief, heb je mij niet van blik gemaakt

– of stro was ook goed geweest – zodat ik niet zou vergaan?"

"Potverdikkie!" antwoordde Tip minachtend. "Je zou blij moeten zijn dat ik je überhaupt gemaakt heb." Toen voegde hij er peinzend aan toe: "Alles komt, op een goed moment, aan zijn einde."

"Maar ik wil je eraan herinneren," onderbrak de Wokkelkever hem, en hij keek angstig uit zijn ronde en uitpuilende ogen, "dat deze verschrikkelijke Koningin Djindjur een pan goulash van me wilde maken – van míj, de enige Opmerkelijk Reusachtige en Degelijk Onderwezen Wokkelkever in de ganse wijde wereld!"

"Volgens mij is dat een briljant idee," merkte de Vogelverschrikker goedkeurend op.

"Zou je niet denken dat hij lekker zou smaken als soep?" vroeg de Blikken Man, die zich naar zijn vriend omdraaide.

"Misschien wel," erkende de Vogelverschrikker.

De Wokkelkever gromde.

"Met mijn geestesoog zie ik," zei hij verdrietig, "de geiten de stukjes van mijn waarde kameraad, de Blikken Man, oppeuzelen, terwijl ik word gekookt op een vreugdevuur van de restanten van het Zaagpaard en het lichaam van Sjaak Pompoenstaak, onder het toeziend oog van Koningin Djindjur, die de vlammen voedt met het stro van mijn vriend, de Vogelverschrikker!"

Deze <u>morbide</u> voorstelling wierp een schaduw over het gezelschap en ze werden nerveus en rusteloos.

"Dat kan voorlopig nog niet gebeuren," zei de Blikken Man, die vrolijk probeerde te klinken, "want we kunnen Djindjur buiten houden tot ze de deuren weet open te breken."

"En ondertussen zal ik een hongerdood sterven, en de Wokkelkever ook," zei Tip.

"Wat mij betreft," zei de Wokkelkever, "ik denk dat ik het wel even kan volhouden met Sjaak zijn pompoenhoofd. Niet dat ik graag pompoen eet, maar ik geloof dat die wel voedzaam zijn en het hoofd van Sjaak is groot en plomp."

"Wat harteloos!" riep de Blikken Man geschokt uit. "Zijn we kannibalen, vraag ik u, of zijn we trouwe vrienden?"

"Het is overduidelijk dat we niet in het paleis opgesloten kunnen blijven," zei de Vogelverschrikker beslist. "Dus laten wij dit verdrietige gesprek staken en proberen een manier te vinden om te ontsnappen."

Op deze suggestie verzamelden ze zich rond de troon waar de Vogelverschrikker op zat, en toen Tip ging zitten op een stoel viel er een peperdoosje uit zijn zak en rolde over de vloer.

"Wat is dit?" vroeg Niek Hakker, die het doosje oppakte.

"Voorzichtig!" riep de jongen. "Dat is mijn Poeder des Levens. Knoei er niet mee, want het is al bijna op."

"En wat is het Poeder des Levens?" vroeg de Vogelverschrikker terwijl Tip het doosje zorgvuldig terug in zijn zak deed.

"Het is een magisch dingetje dat de oude Mombi van een onoprechte magiër heeft," legde de jongen uit. "Ze heeft Sjaak ermee tot leven gewekt, en later heb ik het gebruikt om het Zaagpaard tot leven te wekken. Ik denk dat je er alles mee tot leven kunt wekken wat je ermee besprenkelt, maar er is nog maar een beetje over."

"Dan is het erg waardevol," zei de Blikken Man.

"Inderdaad, dat is het," was de Vogelverschrikker met hem eens. "Het kan weleens onze beste hoop zijn om aan onze moeilijkheden te ontsnappen. Ik geloof dat ik een paar minuutjes moet nadenken, dus zou ik je erg dankbaar zijn, vriend Tip, als je jouw mesje uit je zak zou halen en mijn zware kroon van mijn voorhoofd zou losmaken."

Tip sneed vlug de steken waarmee de kroon op het hoofd van de Vogelverschrikker was bevestigd los en de voormalige monarch van de Smaragd Stad zette hem met een zucht af en hing hem op aan een houten pin naast de troon.

"Dit is het laatste overblijfsel van mijn koningschap," zei hij, "en ik ben blij dat ik ervan af ben. De voormalig koning van deze Stad, die Pastoria werd genoemd, verloor de kroon aan de Wonderbaarlijke Tovenaar, die hem aan mij gaf. Nu claimt het meisje Djindjur hem en ik hoop werkelijk dat ze er geen hoofdpijn van krijgt."

"Ik bewonder zo'n alleraardigste gedachte zeer." zei de Blikken Man en hij knikte goedkeurend.

"En nu wil ik graag in stilte denken," ging de Vogelverschrikker verder en hij leunde ver naar achteren op de troon.

De anderen hielden hun mond en waren zo stil als ze konden in de hoop hem niet te verstoren, want ze hadden allemaal een groot vertrouwen in het bijzondere verstand van de Vogelverschrikker.

En na wat wel een eeuwigheid leek voor de ongeruste wachtenden, ging de denker rechtop zitten en keek zijn vrienden aan met een zonderlinge blik in zijn ogen en zei:

"Mijn verstand werkt bijzonder goed vandaag. Ik ben er bijzonder trots op. Goed, luister! Als we proberen te ontsnappen door de deuren van het paleis zullen we zeker gevangen worden. En er is, als we niet over de grond kunnen ontsnappen, nog maar één ander ding dat we kunnen doen. We moeten door de lucht ontsnappen!"

Hij pauzeerde om de woorden hun effect te zien hebben, maar al zijn toehoorders stonden erbij alsof ze het in <u>Keulen</u> hadden horen donderen.

"De Wonderbaarlijke Tovenaar ontsnapte in een ballon," ging hij verder. "We hebben natuurlijk geen idee hoe we een ballon moeten maken, maar elk soort ding dat kan vliegen door de lucht kan ons gemakkelijk dragen. Dus stel ik voor dat mijn vriend de Blikken Man, die een begenadigd werktuigkundige is, de een of andere machine bouwt, met sterke vleugels om ons weg te dragen, en onze vriend Tip kan het Ding dan tot leven wekken met zijn magische poeder."

"Bravo!" riep Niek Hakker.

"Wat een gezond verstand!" mompelde Sjaak.

"Werkelijk behoorlijk slim!" zei de Onderwezen Wokkelkever.

"Ik geloof dat het kan," verklaarde Tip, "mits, de Blikken Man er ook zo over denkt, hij moet het Ding tenslotte maken."

"Ik zal mijn best doen," zei Niek opgewekt, "sterker nog, ik faal slechts zelden in wat ik probeer. Maar het Ding moet wel op het dak van het paleis gebouwd worden zodat het gemakkelijk kan opstijgen."

"Dat is zeker," zei de Vogelverschrikker.

"Laten we dan het paleis doorzoeken," ging de Blikken Man verder, "en laten we al het materiaal dat we kunnen vinden naar het dak brengen, waar ik aan mijn klus zal beginnen."

"Maar eerst," zei de Pompoenstaak, "laat iemand zo vriendelijk zijn mij te bevrijden van dit paard, en een nieuw been voor me maken waarmee ik weer kan lopen. Want in mijn huidige conditie ben ik niemand tot nut, ook mezelf niet."

Dus sloeg de Blikken Man een mahoniehouten salontafel met zijn bijl aan diggelen en past een van de poten, die prachtig snijwerk bevatte, aan het lichaam van Sjaak Pompoenstaak, die op zijn beurt erg trots was op deze aanwinst.

"Het lijkt vreemd," zei hij terwijl hij de Blikken Man, die aan het werk was, bekeek, "dat mijn linkerbeen het meest elegante en stevigste deel van mij is.”

“Dat bewijst dat je buitengewoon bent,” antwoordde de Vogelverschrikker, “en ik ben ervan overtuigd dat alleen de personen die buitengewoon zijn in deze wereld het overwegen waard zijn. Want de gewone luitjes zijn als bladeren aan een boom, ze leven en sterven zonder dat het opgemerkt wordt.”

“Gesproken als een ware filosoof!” riep de Wokkelkever terwijl hij de Blikken Man hielp zodat Sjaak weer op eigen benen kon staan.

“Hoe voel je je nu?” vroeg Tip terwijl de Pompoenstaak rondstampte om zijn nieuwe been uit te proberen.

“Zo goed als nieuw,” antwoordde Sjaak opgewekt, “en ik ben helemaal klaar om jullie te helpen te ontsnappen.”

“Laten we dan maar aan het werk gaan,” zei de Vogelverschrikker op een zakelijke toon.

Dus, blij dat ze iets konden doen dat een einde kon maken hun gevangenschap, gingen de vrienden uit elkaar om door het paleis te zwerven op zoek naar bruikbare materialen voor de bouw van hun luchtmachine.

Hoofdstuk 17:

De Verbazingwekkende Vlucht van de Wapiti

oen de avonturiers uiteindelijk op het dak bij elkaar kwamen, bleek dat er een opmerkelijk vreemd assortiment spulletjes was verzameld door de verschillende leden van het gezelschap. Geen van hen scheen enige notie te hebben van wat er nodig was, maar toch hadden ze allemaal iets meegebracht.

De Wokkelkever had van de muur boven de open haard in de grote hal het hoofd van een Hert van de wand gehaald dat getooid was met een breed gewei, en de Wokkelkever had, met grote moeite en voorzichtigheid, het hoofd via de trappen naar het dak gedragen.

Dit Hert leek nog het meest op het hoofd van een <u>wapiti</u>, alleen de neus boog brutaal naar boven en hij had een sikje onder zijn kin, zoals dat van een geitenbok. Waarom de Wokkelkever juist dit had uitgekozen kon hij niet uitleggen, behalve dan dat het zijn nieuwsgierigheid had gewekt.

Tip had met de hulp van het Zaagpaard een grote, gestoffeerde sofa het dak op gekregen. Het was een ouderwets meubel, met hoge armleuningen en een hoge rugleuning, en het was zo zwaar dat ondanks dat het grootste en zwaarste gedeelte op de rug van het Zaagpaard leunde, de jongen buiten adem was toen de logge sofa op het dak neer plofte.

De Pompoenstaak had een bezem meegebracht, het eerste wat hij had gezien. De Vogelverschrikker kwam met een klos waslijn en wat touwen die hij van de binnenplaats had gehaald. Tijdens de reis naar boven raakte de Vogelverschrikker zó verstrikt in de losse uiteinden van de touwen dat hij tuimelend in een wirwar van touwen het dak op kwam en hij was er misschien wel afgerold als Tip hem niet had gered.

De Blikken Man kwam als laatste. Hij was ook op de binnenplaats geweest, waar hij vier grote, brede bladeren van een grote palmboom, die de trots was van alle bewoners van de Smaragd Stad, had gehaald.

"Mijn beste Niek!" riep de Vogelverschrikker, die zag wat zijn vriend had gedaan. "Je bent schuldig aan de ergste misdaad die iemand in de Smaragd Stad kan begaan. Als ik het mij goed herinner is de straf voor het afhakken van de bladeren van de koninklijke palmboom dat de dader zeven keer wordt gedood en daarna levenslang wordt opgesloten."

"Er is nu even niets aan te doen," antwoordde de Blikken Man terwijl hij de grote bladeren op het dak gooide. "Maar het kan een extra reden voor ons zijn om te ontsnappen. En laten we nu eens kijken naar wat jullie hebben gevonden waar ik mee kan werken."

Ze keken allemaal onzeker naar de stapel met allerlei rommeltjes en uiteindelijk schudde de Vogelverschrikker zijn hoofd en zei:

"Nou, als vriend Niek van deze rommelzooi een Ding kan maken dat kan vliegen door de lucht en ons in veiligheid kan brengen, dan moet ik erkennen dat hij een betere werktuigbouwkundige is dan ik vermoedde."

Maar de Blikken Man scheen eerst helemaal niet zeker van zijn zaak te zijn. Pas nadat hij driftig zijn voorhoofd had gepoetst met een stuk zeemleer begon hij aan zijn klus.

"Het eerste wat we nodig hebben voor de machine," zei hij, "is een romp die groot genoeg is om ons hele gezelschap te dragen. Deze sofa is het grootste ding dat we hebben, en het zou als romp gebruikt kunnen worden. Maar, zou de machine ooit kantelen, dan glijden we er allemaal af en vallen we naar beneden."

"Waarom gebruiken we niet twee sofa's?" vroeg Tip. "Beneden staat er nog precies zo een."

"Dat is een uitstekende suggestie," riep de Blikken Man. "Je moet die andere sofa meteen gaan halen."

En met veel pijn en moeite kregen Tip en het Zaagpaard de tweede sofa naar het dak. Toen de twee sofa's tegen elkaar werden geplaatst, rand tegen rand, vormden de ruggen en leuningen een beschermende balustrade.

"Uitstekend!" riep de Vogelverschrikker. "We kunnen op ons gemak knus in dit nestje reizen."

De twee sofa's werden nu stevig bij elkaar gebonden met de touwen en waslijnen, daarna bevestigde Niek Hakker het hoofd van het Hert aan een uiteinde.

"Dat geeft aan welke kant de voorkant van het Ding is," zei hij op en top in zijn nopjes met het idee. "En als je er eens kritisch naar kijkt dan is het hoofd van het Hert een prachtig boegbeeld. Deze grote palmbladeren, waarvoor ik mijn leven zevenmaal in de waagschaal heb gelegd, zullen dienstdoen als vleugels."

"Zijn ze wel sterk genoeg?" vroeg de jongen.

"Ze zijn het sterkste van wat we te pakken konden krijgen,"

antwoordde de Blikken Man, "en al zijn ze niet in verhouding tot het lichaam van het Ding, we bevinden ons nu niet bepaald in de positie om er kieskeurig over te zijn."

Zo gezegd zo gedaan en hij bevestigde de palmbladeren aan de sofa's, twee aan elke kant.

"Het Ding is nu compleet," zei de Wokkelkever met de nodige bewondering, "al wat we moeten doen is het tot leven wekken."

"Wacht eens even!" riep Sjaak. "Wordt mijn bezem niet gebruikt?"

"Waarvoor?" vroeg de Vogelverschrikker.

"Waarvoor? Die kan achterop bevestigd worden als staart," antwoordde de Pompoenstaak. "Het Ding is toch zeker niet compleet zonder een staart?"

"Hm!" zei de Blikken Man., "Ik zie het nut van een staart niet. We proberen niet om een beest, of een vis, of een vogel na te maken. Al wat we het Ding vragen is om ons door de lucht te dragen."

"Misschien, wanneer het Ding tot leven is gewekt, kan het een staart gebruiken om mee te sturen," opperde de Vogelverschrikker.

"Want als het door de lucht vliegt is het niet veel anders dan een vogel, en het is mij opgevallen dat alle vogels staarten hebben, en die gebruiken ze als roer terwijl ze vliegen."

"Uitstekend," antwoordde Niek, "de bezem zal gebruikt worden als staart," en hij bevestigde hem goed aan het achtereind van de sofaromp.

Tip haalde het peperdoosje uit zijn zak.

"Het Ding ziet er groot uit," zei hij bezorgd, "en ik ben er niet zeker van dat er genoeg poeder over is om alles van hem tot leven te wekken. Maar ik zal mijn uiterste best ervoor doen."

"Doe het meeste op de vleugels," zei Niek Hakker, "want zij moeten zo sterk als mogelijk zijn."

"En vergeet het hoofd niet!" riep de Wokkelkever.

"En de staart!" voegde Sjaak Pompoenstaak eraan toe.

"Wees toch stil," zei Tip nerveus, "jullie moeten me wel een kans geven de spreuk goed uit te voeren."

Heel voorzichtig begon hij het Ding te besprenkelen met het kostbare poeder. Elk van de vier vleugels werd als eerste bedekt met een laagje, toen werden de sofa's besprenkeld en de bezem kreeg ook een klein laagje.

"Het hoofd! Het hoofd! Vergeet alsjeblieft het hoofd niet!" riep de Wokkelkever opgewonden.

"Er is nog maar een klein beetje poeder over," riep Tip, die in het doosje keek. "En het lijkt me belangrijker om de poten van de sofa tot leven te wekken dan het hoofd."

"Toch niet," besloot de Vogelverschrikker. "Alles heeft een hoofd nodig om het te besturen, en aangezien dit wezen moet vliegen, en niet lopen, is het werkelijk onbelangrijk of zijn benen leven of niet."

Tip legde zich bij dit besluit neer en besprenkelde het hoofd van het Hert met het restant van het poeder.

"Wees nu allemaal stil," zei hij, "dan kan ik de spreuk op zeggen!"

Omdat hij de oude Mombi de woorden had horen zeggen en hij er zelf in geslaagd was het Zaagpaard tot leven te wekken, twijfelde Tip geen moment en sprak hij de drie mysterieuze en raadselachtige woorden, die elk vergezeld gingen van typische handbewegingen.

Het was een plechtige en indrukwekkende ceremonie.

Toen hij de bezwering had uitgesproken schudde het hele Ding hevig. Het Hert gaf krijsend een schreeuw, zoals deze beesten gewend zijn, en toen begonnen de vier vleugels wild op en neer te flappen.

Tip kon nog net een schoorsteen te pakken krijgen, anders zou hij door de verschrikkelijke kracht van de wind, die door de vleugels werd veroorzaakt, van het dak gewaaid zijn. De Vogelverschrikker, die een lichtgewicht was, werd van het dak getild en vloog door de lucht tot Tip hem gelukkig bij een been kon vastgrijpen. De Wokkelkever lag plat op het dak en ontkwam op die manier aan de ellende en de Blikken Man, wiens gewicht aan blik hem stevig op de grond hield, hield beide armen om Sjaak Pompoenstaak en wist hem zo te redden. Het Zaagpaard tuimelde omver op zijn rug en hij lag met zijn benen boven hem uit te spartelen.

En toen, terwijl ze allemaal worstelden om zichzelf weer op de been te krijgen, steeg het Ding langzaam van het dak op en schoot de lucht in.

"Hé daar! Kom terug!" riep Tip met een angstige stem terwijl hij zich met de ene hand aan de schoorsteen vasthield en met de andere de Vogelverschrikker vasthad. "Kom ogenblikkelijk terug, dat beveel ik je!"

En daarmee werd onomstotelijk de wijsheid van de Vogelverschrikker bewezen, want hij had gelijk had dat het hoofd beter tot leven kon komen dan de poten. Want het Hert, dat al hoog in de lucht was, draaide zijn hoofd na Tips bevel om en cirkelde net zo lang rond tot het op het dak van het paleis kon kijken.

"Kom terug!" schreeuwde de jongen nog eens.

En het Hert gehoorzaamde. Langzaam en gracieus gingen de vleugels op en neer tot het Ding weer op het dak landde en tot stilstand kwam.

Hoofdstuk 18:

In het Nest van de Torenkraaien

el," zei het Hert met een piepstemmetje dat totaal niet in verhouding stond tot zijn reusachtige lichaam, "heb ik ooit. Het laatste dat ik mij kan herinneren is dat ik door een woud liep en een luid lawaai hoorde. Iets heeft mij waarschijnlijk toen gedood, en het moet vast en zeker mijn einde hebben betekend. En toch ben ik hier levend en wel, met vier grote vleugels en een lichaam dat elk respectabel dier en elke vogel zou doen huilen van schaamte. Wat betekent dit alles? Ben ik een Hert, of ben ik een kolosbakbeest?" Wanneer het dier sprak, bewoog zijn sikje op een komische manier heen en weer.

"Je bent gewoon een Ding," antwoordde Tip, "met het hoofd van een Hert erop. En we hebben je gemaakt en we wekten je tot leven zodat je ons kunt brengen waar we ook naartoe willen gaan."

"Uitstekend!" zei het Ding. "Aangezien ik geen Hert ben, heb ik dus ook niet dat trotse en onafhankelijke karakter van een Hert. Het is mij dus om het even of ik jullie bediende word of iets anders. Het enige dat mij voldoening geeft is dat ik ogenschijnlijk niet zo stevig van gestel ben, dus het is waarschijnlijk dat ik niet lang in slavernij zal leven."

"Ik smeek je, zeg dat alsjeblieft niet!" riep de Blikken Man, wiens uitmuntende hart werd geraakt door deze trieste woorden. "Gaat het wel goed met je vandaag?"

"O, wat dat aangaat," antwoordde het Hert, "het is vandaag de eerste dag van mijn bestaan, ik kan dus niet beoordelen of ik me goed of ziekjes voel." En hij zwaaide zijn bezemstaart in gepeins verzonken heen en weer.

"Kom, kom," zei de Vogelverschrikker vriendelijk, "doe eens wat vrolijker en neem het leven zoals het is. We zullen vriendelijke meesters zijn en we zullen ernaar streven je bestaan zo plezierig mogelijk te maken. Ben je bereid ons door de lucht te dragen waarheen we ook willen gaan?"

"Zeker," antwoordde het Hert. "Ik geef er zelfs de voorkeur aan om door de lucht te navigeren. Want zou ik over de aarde reizen en een van mijn eigen soort tegenkomen, dan zou mijn vernedering verschrikkelijk zijn!"

"Dat kan ik begrijpen," zei de Blikken Man sympathiek.

"En toch," ging het Ding verder, "als ik jullie, mijn meesters, nu eens goed bekijk, dan lijkt geen van jullie kunstiger in elkaar gezet

146

dan ikzelf.”

“Uiterlijk kan bedriegen,” zei de Wokkelkever in alle eerlijkheid. “Ik ben zowel Opmerkelijk Reusachtig als Degelijk Onderwezen.”

“Jaja,” murmelde het Hert onverschillig.

“En mijn verstand wordt als opmerkelijk zeldzaam beschouwd,” voegde de Vogelverschrikker er trots aan toe.

“Wat vreemd!” merkte het Hert op.

“Al ben ik gemaakt van blik,” zei Niek Hakker, “ik heb een hart dat al met al het warmste en bewonderenswaardigste hart in de hele wereld is.”

“Ik ben blij dat te horen,” antwoordde het Hert met een klein, zacht kuchje.

“Mijn glimlach,” zei Sjaak Pompoenstaak, “is je volledige aandacht waardig. Hij is altijd hetzelfde.”

“<u>Semper idem</u>,” verklaarde de Wokkelkever pompeus, en het Hert draaide zich naar hem om en staarde hem aan.

“En ik,” verklaarde het Zaagpaard, dat de ongemakkelijke stilte verbrak, “ben alleen opmerkelijk omdat ik het zelf niet kan helpen.”

“Het is me een hele eer om zulke buitengewone meesters te ontmoeten,” zei het Hert op een onverschillige toon. “Als ik over mezelf zo’n complete introductie kon maken, zou ik meer dan tevreden zijn.”

“Dat komt mettertijd,” merkte de Vogelverschrikker op. “Het ‘<u>Ken Uzelf</u>’ wordt als een hele prestatie beschouwd. Het heeft ons, die ouder zijn dan jij, maanden gekost om perfectie te bereiken. Maar voor nu,” voegde hij eraan toe terwijl hij zich naar de anderen keerde, “laten we aan boord gaan en aan onze reis beginnen.”

“Waar zullen we heen gaan?” vroeg Tip terwijl hij naar een plek op de sofa’s klauterde en de Pompoenstaak hetzelfde hielp te doen.

“In het Land van het Zuiden regeert een geweldige koningin genaamd Glinda de Goede; ik ben er zeker van dat zij ons hartelijk zal ontvangen,” zei de Vogelverschrikker terwijl hij onhandig in het Ding klom. “Laten we naar haar toe gaan en haar om advies vragen.”

“Dat heb je slim bedacht,” verklaarde Niek Hakker, die de Wokkelkever een zetje gaf en toen het Zaagpaard naar het achterste einde van de zitkussens rolde. “Ik ken Glinda de Goede en ik geloof dat ze zeker een goede vriend zal blijken te zijn."

"Zijn we er allemaal klaar voor?" vroeg de jongen.

"Ja," verkondigde de Blikken Man, die zelf achter de Vogelverschrikker ging zitten.

"Wees dan," zei Tip tegen het Hert, "zo goed om met ons in zuidelijke richting te vliegen, en ga niet hoger dan nodig is om boven de huizen en bomen te vliegen, want het maakt me duizelig om zo hoog te komen."

"Goed," antwoordde het Hert kortaf.

Daarna flapperde hij zijn vier grote vleugels en steeg langzaam de lucht in en toen, terwijl ons groepje avonturiers zich ter ondersteuning stevig vasthield aan de rug- en armleuningen van de sofa's, draaide het Hert zich om en zweefde gezwind en majesteitelijk richting het zuiden.

"Het landschap is werkelijk prachtig vanaf deze hoogte," merkte de onderwezen Wokkelkever op terwijl ze voortgingen.

"Let liever niet op het landschap," zei de Vogelverschrikker. "Pas maar op dat je niet valt. Het Ding lijkt nogal heen en weer te zwenken."

"Het zal snel donker worden," zei Tip, die zag dat de zon laag aan de horizon stond. "Misschien hadden we beter tot morgen kunnen wachten en ik vraag me af of het Hert 's nachts kan vliegen."

"Dat vroeg ik mezelf ook af," antwoordde het Hert zachtjes. "Het is allemaal nog nieuw voor me, zie je. Ik had ooit vier benen waarmee ik me snel over de grond kon bewegen, maar nu voelen mijn benen alsof ze slapen."

"Dat doen ze ook," zei Tip. "We hebben ze niet tot leven gewekt."

"Je wordt verondersteld te vliegen," zei de Vogelverschrikker, "en niet te lopen."

"Lopen kunnen we zelf," zei de Wokkelkever.

"Ik begin te begrijpen wat er van mij wordt verwacht," zei het Hert, "dus zal ik mijn best voor jullie doen," en hij vloog een poosje in stilte door.

Juist nu werd Sjaak Pompoenstaak onrustig.

"Ik vraag me af of door de lucht reizen wel goed is voor pompoenen," zei hij.

"Nee, behalve als je onvoorzichtigerwijs je hoofd over de rand laat vallen," antwoordde de Wokkelkever. "In dat geval zou je hoofd niet langer een pompoen zijn, maar pompoenmoes."

"Heb ik je niet gevraagd om deze ongevoelige grappen van je in toom te houden?" vroeg Tip en hij keek de Wokkelkever ernstig en streng aan.

"Dat heb je zeker en ik heb er al heel wat in toom gehouden," antwoordde het insect. "Maar er zijn zo veel talloze kansen om vele uitstekende woordgrappen te maken met onze taal dat het, voor een onderwezen persoon zoals ik zelf, nauwelijks mogelijk is de verleiding te weerstaan."

"Mensen met meer of minder onderwijs ontdekte die woordgrappen eeuwen geleden al," zei Tip.

"Weet je het zeker?" vroeg de Wokkelkever met een verbaasde blik op zijn gezicht.

"Natuurlijk ben ik daar zeker van," antwoordde de jongen. "Een onderwezen Wokkelkever mag dan een nieuwigheidje zijn, maar Wokkelkeveronderwijs is, naar wat je er van laat blijken, zo oud als de weg naar Rome."

Het insect leek onder de indruk van de woorden van de jongen en hij hield zich een poosje deemoedig stil.

De Vogelverschrikker, die op zijn plek verschoof, zag op de kussens het peperdoosje dat Tip aan de kant had gegooid en hij begon het aandachtig te bestuderen.

"Gooi maar overboord," zei de jongen, "het is toch zo goed als leeg en we hebben er nu toch niets meer aan."

"Is het werkelijk leeg?" vroeg de Vogelverschrikker, die nieuwsgierig in het doosje keek.

"Natuurlijk is het leeg," antwoordde Tip. "Ik heb elk korreltje poeder eruit geschud."

"Dan heeft het doosje een dubbele bodem," zei de Vogelverschrikker, "want de bodem vanbinnen is ruim een <u>duim</u> verwijderd van de bodem aan de buitenkant."

"Laat mij eens kijken," zei de Blikken Man en hij nam het doosje over van zijn vriend. "Ja," verklaarde hij nadat hij het doosje even had bekeken, "het doosje heeft zeker een valse bodem. Ik vraag me af waar dat voor nodig is?"

"Kun je hem niet uit elkaar halen om erachter te komen?" wilde Tip weten, die geïnteresseerd was geraakt in het mysterie.

"Zeker wel, de onderkant kun je losschroeven," zei de Blikken Man. "Mijn vingers zijn wat stijfjes, zou jij hem alsjeblieft open kunnen maken?"

Hij overhandigde het peperdoosje aan Tip, die er geen enkele moeite voor hoefde te doen om de bodem los te schroeven. En in de ruimte eronder lagen drie zilveren pillen en eronder lag een zorgvuldig gevouwen papiertje.

De jongen nam voorzichtig het papiertje, zodat de pillen niet kwijt konden raken, en ontvouwde het en hij zag dat er met rode inkt op was geschreven.

"Lees eens hardop voor," zei de Vogelverschrikker, dus las Tip het volgende:

"Dit is een buitengewoon belangrijke ontdekking!" riep de Vogelverschrikker.

"Dat is het zeker," antwoordde Tip ernstig. "Deze pillen kunnen ons tot grote hulp zijn. Ik vraag me af of de oude Mombi wist dat ze in de bodem van het peperdoosje zaten. Ik herinner me dat ze zei dat ze het Poeder des Levens van deze zelfde Nikidik had."

"Hij moet wel een machtige magiër zijn!" riep de Blikken Man, "en omdat het poeder een groot succes is gebleken, moeten we ook vertrouwen hebben in de pillen."

"Maar hoe," vroeg de Vogelverschrikker, "kan iemand tot zeventien tellen met tweeën? Zeventien is een oneven nummer."

"Dat is waar," antwoordde Tip diep teleurgesteld. "Niemand kan mogelijkerwijs tot zeventien tellen met tweeën."

"Dan zijn de pillen ons van geen nut," weende de Pompoenstaak, "en dat doet me groot verdriet. Want ik had willen wensen dat mijn hoofd nooit zou vergaan."

"Onzin!" riep de Vogelverschrikker scherp. "Als we de pillen al konden gebruiken waren er vast betere wensen dan dat."

"Ik zou niet weten wat er beter is dan dat," protesteerde de arme Sjaak. "Als je ook elk moment op het punt zou staan om te vergaan, zou je mijn bezorgdheid begrijpen."

"Wat mij betreft," zei de Blikken Man, "ik leef met je mee. Maar aangezien we niet tot zeventien kunnen tellen met tweeën, is sympathie het enige dat je kunt krijgen."

Het was inmiddels behoorlijk donker geworden en de reizigers zagen boven zich een donkere, bewolkte lucht, waar de stralen van de maan niet doorheen kwamen.

Het Hert vloog gestaag door en om de een of andere reden wiegde het sofalichaam met het uur meer en meer heen en weer.

De Wokkelkever verklaarde dat hij zeeziek was en Tip zag er ook ietwat pips en ellendig uit. Maar de anderen hielden zich aan de leuningen van de sofa's vast en leken het wiegen en schudden niet erg te vinden, zolang ze er maar niet uitvielen.

Donkerder en donkerder werd de nacht en voort en voort ging het Hert door de donkere hemel. De reizigers konden zelfs elkaar niet zien en een drukkende stilte viel over hen heen.

Na een lange tijd sprak Tip, hij had diep nagedacht en hij vroeg:

"Hoe weten we wanneer we bij het paleis van Glinda de Goede zijn aangekomen?"

"Het is een lange weg naar Glinda haar paleis," antwoordde de Blikken Man, "en die heb ik ooit afgereisd."

"Maar hoe weten we hoe snel het Hert vliegt?" hield de jongen vol. "We kunnen helemaal niets op de grond zien en voor de morgen komt zijn we misschien al ver voorbij de plek die we proberen te bereiken."

"Dat is waar genoeg," antwoordde de Vogelverschrikker een beetje ongemakkelijk. "Maar ik zie niet in hoe we juist nu kunnen stoppen, want voor hetzelfde geld landen we midden in een rivier of op de spits van een toren en dat zou desastreus zijn."

Dus lieten ze het Hert doorvliegen met het regelmatige flappen van zijn grote vleugels en ze wachtten geduldig op de morgen.

Toen bleken Tips zorgen terecht, want bij het grauwe ochtendgloren keken ze over de randen van de sofa's en ontdekten dat de velden die onder hen door gleden bespikkeld waren met vreemde dorpjes waar de huizen geen – zoals in het Land van Oz gebruikelijk is – koepelvormige daken hadden, maar schuine daken die in het midden in een punt samenkwamen. Er liepen vreemde dieren op de open velden, en zowel de Blikken Man als de Vogelverschrikker kende het land niet, en zij hadden het domein van Glinda de Goede eerder bezocht en wisten goed hoe het eruitzag.

"We zijn verdwaald!" zei de Vogelverschrikker sip. "Het Hert heeft ons vast uit het Land van Oz gevlogen en over de zanderige woestijn gebracht regelrecht naar de vreselijke Buitenwereld waar Doortje ons over vertelde."

"We moeten teruggaan," verklaarde de Blikken Man ernstig, "we moeten zo snel als mogelijk teruggaan!"

"Keer om," riep Tip naar het Hert, "keer zo snel als je kunt om!"

"Als ik dat doe zal ik het berouwen," antwoordde het Hert. "Ik ben niet gewend aan het vliegen, en het beste zou zijn als ik ergens neerdaal, en dan kan ik omkeren en een nieuwe start maken."

Maar op dat momentleek er geen plek te zijn waar ze konden landen. Ze vlogen over een dorp dat zo groot was dat de Wokkelkever verklaarde dat het een stad was, en kwamen bij een hoge bergketen met vele diepe kloven en steile <u>kliffen</u> die goed zichtbaar waren.

"Nu is onze kans om te stoppen," zei de jongen, die het was opgevallen dat ze erg dicht bij de bergtoppen waren. Toen beval hij het Hert: "Stop op de eerste vlakte die je ziet!"

"Uitstekend," antwoordde het Hert, en hij landde op een rotsplateau dat tussen twee kliffen stond.

Maar door gebrek aan ervaring in zulke zaken schatte het Hert zijn snelheid verkeerd in, en in plaats van keurig in het midden van de platte rots te landen miste hij de rots met een halve lengte van zijn lichaam, brak zijn beide rechtervleugels tegen de scherpe rand van de rots en rolde over de klif naar beneden.

Onze vrienden hielden zich zo goed en kwaad als het ging vast aan de sofa's, maar toen het Ding op een uitstekende rotspunt abrupt

– ondersteboven – tot stilstand kwam, schoten ze er allemaal uit.

Het was een geluk bij een ongeluk dat ze slechts een paar voet naar beneden vielen, want er was daar een monsterlijk nest, gebouwd door een kolonie <u>Torenkraaien</u> in een holle rotsrichel, dus raakte er niemand – zelfs de Pompoenstaak niet – gewond door de val. En Sjaak trof zijn waardevolle hoofd rustend op de borst van de Vogelverschrikker aan, die een uitstekend kussen bleek te zijn, en Tip viel op een berg bladeren en papiertjes, wat hem het nodige letsel bespaarde. De Wokkelkever stootte zijn ronde hoofd tegen het Zaagpaard, maar dat leverde hem niet meer dan een kortstondig ongemak op.

De Blikken Man was eerst geschrokken, maar toen hij erachter kwam dat hij was ontsnapt zonder een schrammetje op zijn nikkel te hebben opgelopen hervond hij zijn gebruikelijke vrolijkheid en richtte zich tot zijn kameraden.

"Onze reis is nogal abrupt tot een eind gekomen," zei hij, "en we kunnen onze vriend het Hert niet de schuld van het ongeval geven, hij deed zijn uiterste best onder deze zware omstandigheden. Maar bedenken hoe we ooit uit dit nest moeten komen zal ik moeten overlaten aan iemand met meer verstand dan ik heb."

Daarbij keek hij naar de Vogelverschrikker, die naar de rand van het nest was gekropen en over de rand keek. Onder hen was een komvormige afgrond die een paar honderd voet diep was. Boven hen was een klif die overal glad was behalve aan de punt waar het gestrande lichaam van het Hert hing aan een uiteinde van een van de sofa's. Het had er alle schijn van dat er geen kans op een ontsnapping was, en toen die gedachte langzaam doordrong bij de kleine groep avonturiers gaven ze toe aan hun verbijstering.

"Deze gevangenis is erger dan het paleis," zei de Wokkelkever bedroefd.

"Ik wou dat we daar waren gebleven," kreunde Sjaak. "Ik ben bang dat de berglucht niet goed is voor pompoenen."

"Zeker niet als de Torenkraaien terugkomen," gromde het Zaagpaard, dat lag te spartelen met zijn benen in de lucht in een verwoede poging om weer op eigen benen te kunnen staan. "Torenkraaien vinden pompoenen bijzonder lekker."

"Denk je dat de vogels echt hier zullen komen?" vroeg Sjaak wat paniekerig.

"Natuurlijk komen ze hier," zei Tip, "het is tenslotte hun nest.

En er zullen er wel honderden zijn," ging hij verder, "kijk maar eens wat een boel spullen ze hierheen gebracht hebben!"

En inderdaad, het nest was voor de helft gevuld met de meest curieuze verzameling prulletjes waar de vogels echt helemaal niets aan hadden, maar die de uitgekookte Torenkraaien al vele jaren lang ongehinderd hadden kunnen stelen uit de huizen van de mensen. En omdat het nest veilig verborgen zat, kon geen mens het bereiken, dus zouden deze eigendommen nooit meer teruggevonden worden.

De Wokkelkever, die tussen de rommel scharrelde – want de Torenkraaien stalen zowel nutteloze dingen als kostbare – tilde zijn voet omhoog met een wonderschone diamanten ketting eraan. De Blikken Man vond de ketting zo mooi dat de Wokkelkever hem met een charmant toespraakje de ketting overhandigde, waarna de Blikken Man hem met trots om zijn nek droeg, en bijzonder blij werd als de grote diamanten glinsterden in de zonnestralen.

Toen hoorden ze een enorm gekwetter en geflapper van vleugels, en toen het geluid dichterbij kwam riep Tip:

"De Torenkraaien komen eraan! En als ze ons vinden zullen ze ons zeker in hun woede doodmaken."

"Ik was hier al bang voor!" kreunde de Pompoenstaak. "Mijn tijd is gekomen!"

"En de mijn ook," zei de Wokkelkever, "want Torenkraaien zijn de aartsvijanden van mijn soort."

De anderen waren niet in het minst bang, maar de Vogelverschrikker besloot ogenblikkelijk om hen die wel het risico liepen om verwond te worden door de boze vogels te redden. Dus beval hij Tip om het hoofd van Sjaak af te nemen en met hem op de bodem van het nest te gaan liggen, daarna beval hij de Wokkelkever om naast Tip te gaan liggen. Niek Hakker wist uit eerdere ervaringen wat hij moest doen en haalde de Vogelverschrikker helemaal uit elkaar – (behalve zijn hoofd) – en verspreidde het stro over Tip en de Wokkelkever, en bedekt hun hele lichamen.

Hij was nog maar amper klaar of de zwerm Torenkraaien was al bij hen. Toen de vogels de indringers in hun nest zagen, scheerden ze krassend van woede naar beneden.

Hoofdstuk 19:

De Beroemde Wenspillen van Dr. Nikidik

e Blikken Man was doorgaans een vredelievend man, maar als de nood aan de man was kon hij vechten als een Romeinse gladiator. Dus toen de Torenkraaien hem bijna omver wierpen in een stormvloed van fladderende vleugels, en toen hun scherpe bekken en klauwen dreigden zijn briljante beplating te beschadigen, pakte de Blikken Man zijn bijl en zwaaide hem behendig om zijn hoofd.

Maar al werden er vele verslagen op deze manier, de vogels waren zo talrijk en zo stoutmoedig dat ze hun aanval net zo krachtig als daarvoor voortzetten. Sommige pikten naar de ogen van het Hert, dat hulpeloos boven het nest hing, maar de ogen van het Hert waren van glas en konden niet worden verwond. Andere Torenkraaien spoedden zich naar het Zaagpaard, maar het beest, dat nog op zijn rug lag, trapte zo gemeen met zijn houten benen naar de vogels dat hij, net als de bijl van de Blikken Man, menig aanvaller wist uit te schakelen.

Nu ze zo veel tegenstand ondervonden, vlogen de vogels op het stro van de Vogelverschrikker af, dat midden in het nest lag en nog steeds Tip, de Wokkelkever en het pompoenhoofd van Sjaak bedekte, en begonnen het weg te pikken. Ze vlogen ermee weg om het vervolgens alleen maar, strootje voor strootje, in de kloof te laten vallen.

Het hoofd van de Vogelverschrikker, die met <u>argusogen</u> toekeek hoe zijn binnenste baldadig werd vernietigd, riep naar de Blikken Man dat hij hen moest redden, en zijn goede vriend antwoordde met herwonnen energie. Zijn bijl schoot driftig tussen de Torenkraaien door, en gelukkig begon het Hert wild te flapperen met zijn twee overgebleven vleugels aan de linkerzijde van zijn lichaam. Het fladderen van deze grote vleugels vulde de Torenkraaien met angst en toen hij, nadat hij zichzelf met grote inspanning van de uitstekende rots waar hij aan had gehangen had bevrijd, al fladderend langzaam in het nest neerdaalde, vluchtten de vogels in blinde paniek schreeuwend over de bergen weg.

Toen de laatste vijand was verdwenen kroop Tip onder de sofa's vandaan en hielp de Wokkelkever hetzelfde te doen.

"We zijn gered!" riep de jongen verheugd.

"Dat zijn we zeker," antwoordde het Onderwezen Insect, en hij omhelsde het hoofd van het Hert van blijdschap, "en we hebben het allemaal te danken aan het flapperende Ding en de goede bijl van de Blikken Man!”

“Als ik gered ben, haal me dan hier weg!” riep Sjaak, wiens hoofd nog steeds onder de sofa’s lag, en Tip wist het hoofd eronder vandaan te rollen en op zijn nek terug te plaatsen. Hij zette ook het Zaagpaard weer overeind, en zei tegen hem:

“We zijn je veel dank verschuldigd voor het dappere gevecht dat je geleverd hebt.”

“Ik denk dat we er allemaal goed vanaf zijn gekomen,” merkte de Blikken Man trots op.

“Niet waar!” riep een holle stem.

Hierop keken ze allemaal naar het hoofd van de Vogelverschrikker, dat achter in het nest lag.

“Ik ben compleet verruïneerd!” verklaarde de Vogelverschrikker toen hij hun verbijstering zag. “Want waar is het stro dat mijn lichaam vult?”

Deze vreselijke vraag overviel hen allemaal. Ze keken geschrokken rond in het nest, maar nog geen sprietje stro was er overgebleven. De Torenkraaien hadden alles tot de laatste strohalm weggegrist en in de honderden voet diepe en gapende kloof die zich onder het nest uitstrekte gegooid.

“Mijn arme, arme vriend!” zei de Blikken Man terwijl hij het hoofd van de Vogelverschrikker oppakte en het teder streelde. “Wie had ooit gedacht dat je aan zo’n voortijdig einde zou komen?”

“Ik deed het om mijn vrienden te redden,” antwoordde het hoofd, “en ik ben blij dat ik op zo’n nobele en onzelfzuchtige manier heen ben gegaan.”

“Maar waarom zijn jullie allemaal zo moedeloos?” wilde de Wokkelkever weten. “De Vogelverschrikker zijn kleding is nog steeds veilig.”

“Ja,” antwoordde de Blikken Man, “maar de kleren van onze vriend zijn nutteloos zonder vulling.”

“Waarom vullen we hem niet met geld?” vroeg Tip.

“Geld!” riepen ze allemaal verbaasd in koor.

“Jazeker, geld,” zei de jongen. “Op de bodem van het nest liggen duizenden <u>dollar</u>biljetten – en tweedollarbiljetten – en vijfdollarbiljetten – en tientallen twintigjes en vijftigjes. Er zijn er genoeg om wel een dozijn Vogelverschrikkers mee te vullen. Waarom zouden we het geld niet gebruiken?”

De Blikken Man begon met zijn bijl door de rommel te scharrelen, en inderdaad, wat ze eerst hadden aangezien voor waardeloze stukjes papier, bleken biljetten in verschillende <u>coupures</u> te zijn, die de gemene Torenkraaien al jaren achtereen uit de dorpjes en steden die ze bezochten hadden gestolen.

Er lag voor een fortuin in het onbereikbare nest, en Tips suggestie werd, met instemming van de Vogelverschrikker, binnen de kortste keren uitgevoerd.

Ze selecteerden de nieuwste en schoonste biljetten en sorteerden ze op verschillende stapeltjes. Het linkerbeen en laars van de Vogelverschrikker werden gevuld met vijfdollarbiljetten, zijn rechterbeen werd gevuld met tiendollarbiljetten, en zijn lichaam werd zó stevig opgevuld met vijftigjes, honderdjes en duizendjes dat hij nauwelijks nog de knoopjes van zijn jasje dicht kreeg.

"Je bent werkelijk," zei de Wokkelkever imposant toen de klus erop zat, "van onschatbare waarde voor ons gezelschap, en met zulke trouwe vrienden is er weinig gevaar dat je <u>verkwanseld</u> wordt."

"Dank je," antwoordde de Vogelverschrikker dankbaar. "Ik voel me een nieuwe man, en hoewel ik op het eerste gezicht misschien aangezien kan worden voor een safe, vraag ik jullie je te herinneren dat mijn verstand nog steeds van hetzelfde goede oude materiaal is gemaakt. En dat heeft mij werkelijk altijd een persoon gemaakt op wie vertrouwd kan worden in geval van nood."

"De nood is er al," merkte Tip op, "en behalve als je verstand ons hieruit weet te halen zullen we gedoemd zijn de rest van onze levens in het nest door te brengen."

"Hoe zit dat met deze Wenspillen?" informeerde de Vogelverschrikker, en hij nam het doosje uit zijn jaszak. "Kunnen we die niet gebruiken om te ontsnappen?"

"Alleen als we met tweeën tot zeventien kunnen tellen," antwoordde de Blikken Man. "Onze vriend de Wokkelkever, die beweert Degelijk Onderwezen te zijn, zal wel eenvoudig kunnen uitvogelen hoe je dat moet doen."

"Het is geen vraag van onderwijs," antwoordde het insect, "het is een kwestie van rekenkunde.

Ik heb de Professor vaak en veelvuldig sommen zien maken op het schoolboord, en hij beweerde dat je alles kunt doen met x-en, y's en a's en dergelijke dingen, als je maar genoeg plussen en minnen en issen gebruikt, enzovoort. Maar hij zei nooit iets, voor zover ik mij kan herinneren, over het optellen naar een oneven getal met even getallen van twee.”

“Stop! Stop!” riep de Pompoenstaak uit. “Je bezorgt mij hoofdpijn.”

“En anders mij wel,” voegde de Vogelverschrikker eraan toe. “Jouw rekenkunde lijkt meer op een potje gemengd zuur – hoe meer je probeert die ene te pakken te krijgen hoe kleiner de kans dat het je lukt. Ik ben er zeker van dat als het überhaupt kan, het simpel zal blijken te zijn.”

“Dat moet wel,” zei Tip, “want de oude Mombi zou niet weten hoe ze x-en en minnen moet gebruiken, ze is nooit naar school geweest.”

“Waarom beginnen we niet met de helft van één te tellen?” vroeg het Zaagpaard abrupt. “Dan kan iedereen gemakkelijk met tweeën tot zeventien tellen.”

Ze keken elkaar verbaasd aan, want het Zaagpaard werd als het domste lid van het gezelschap beschouwd.

“Dankzij jou schaam ik me nu voor mezelf,” zei de Vogelverschrikker terwijl hij diep voor het Zaagpaard boog.

“Desalniettemin heeft het beest gelijk,” verklaarde de Wokkelkever, want twee keer een half is één, en als je eenmaal bij één bent kun je gemakkelijk in stappen van twee naar zeventien tellen.”

“Ik vraag me af waarom ik daar zelf niet op ben gekomen,” zei de Pompoenstaak.

“Ik niet,” antwoordde de Vogelverschrikker. “Je bent niet slimmer dan de rest van ons, of wel soms? Maar laten we meteen een wens doen. Wie wil als eerste de pil slikken?”

“Ik denk dat jij het maar moet doen,” stelde Tip voor.

“Dat kan ik niet,” zei de Vogelverschrikker.

“Waarom niet? Je hebt toch een mond, nietwaar?” vroeg de jongen.

“Jawel, maar mijn mond is geschilderd, en ik krijg er nog geen bospieper mee wegslikken,” antwoordde de Vogelverschrikker. “In feite,” ging hij verder terwijl hij onderzoekend van de een naar de ander keek, "denk ik dat van ons gezelschap alleen de jongen en de Wokkelkever kunnen slikken."

Tip, die zag dat het waar was, zei:

"Dan zal ik het op me nemen om de eerste wens te doen. Geef me een van de zilveren pillen."

De Vogelverschrikker probeerde dit, maar zijn gevulde handschoenen waren te onhandig om zo'n klein dingetje mee vast te pakken, daarom stak hij het doosje maar uit naar Tip die er eentje uitkoos en doorslikte.

"Tel!" riep de Vogelverschrikker.

"Een half, een, drie, vijf, zeven, negen, elf, dertien, vijftien, zeventien!" telde Tip.

"Doe je wens!" zei de Blikken Man opgewonden.

Maar juist op dat moment voelde de jongen een angstige pijn opzetten en hij schrok verschrikkelijk.

"De pil heeft me vergiftigd!" hijgde hij. "Aaah! O-o-o-o-o! Au! Moord! Brand! O-o-h!" en hij rolde met zulke hevige stuiptrekkingen over de bodem van het nest dat hij de anderen allemaal angst aanjoeg.

"Wat kunnen we voor je doen? Alsjeblieft, zeg eens wat!" smeekte de Blikken Man en tranen van medeleven biggelden over zijn vernikkelde wangen.

"I-ik weet het niet!" antwoordde Tip. "Aaah! Ik wou dat ik nooit die pil had ingeslikt!"

Toen hield de pijn plotsklaps op, en de jongen ging weer rechtop staan en hij zag de Vogelverschrikker met verbazing naar het peperdoosje staren.

"Wat is er gebeurd?" vroeg de jongen, die zich een beetje schaamde voor wat er was gebeurd.

"Er zijn weer drie pillen in het doosje!" zei de Vogelverschrikker.

"Natuurlijk zijn die daar," verklaarde de Wokkelkever. "Wenste Tip niet dat hij nooit een van die pillen had doorgeslikt? En wel, de wens kwam uit, en hij heeft dus geen van hen doorgeslikt. Dus is het logisch dat alle drie de pillen in het doosje zijn."

"Dat mag dan waar zijn, maar de pijn was er niet minder om," zei de jongen.

"Onmogelijk!" verklaarde de Wokkelkever. "Als je hem nooit

hebt doorgeslikt, kan de pil je ook nooit hebben pijn gedaan. En omdat je wens, die uitgekomen is, bewijst dat je de pil niet hebt doorgeslikt, is het overduidelijk dat je geen pijn hebt gehad."

"Dan was het een grandioze imitatie van pijn," zei Tip boos. "Ik stel voor dat jij de volgende pil neemt. We hebben al één wens verkwanseld."

"Welnee, dat hebben we niet!" protesteerde de Vogelverschrikker. "Er zijn nog steeds drie pillen in het doosje, en elke pil is goed voor één wens."

"Nu krijg ík hoofdpijn van je," zei Tip. "Ik begrijp er helemaal niets van. Maar ik neem geen pil meer, dat beloof ik je!" En met deze woorden zocht hij een rustig plekje achter in het nest.

"Goed," zei de Wokkelkever, "dan is het aan mij om ons te redden op mijn eigen Opmerkelijk Reusachtige en Degelijke Onderwezen manier, want het heeft er alle schijn van dat ik de enige ben die in staat en bereid is een wens te doen. Geef mij eens een van die pillen."

Hij slikte zonder twijfelen de pil weg, en ze stonden allemaal bewonderend toe te kijken hoe het insect moedig tot zeventien telde met tweeën, net zoals Tip dat ook had gedaan. En om de een of andere reden – misschien omdat Wokkelkevers sterkere magen hebben dan jongetjes – bezorgde de zilveren pil hem nog geen greintje pijn.

"Ik wens dat de gebroken vleugels van het Hert weer heel zijn en zo goed als nieuw!" zei de Wokkelkever langzaam met een imposante stem.

Ze draaiden zich allemaal om om naar het Ding te kijken, en zo snel was de wens vervuld dat het Hert perfect hersteld voor hen lag en hij was nu net zo goed in staat om te vliegen als toen ze hem voor het eerst tot leven wekten op het dak van het paleis.

Hoofdstuk 20:

De Vogelverschrikker Doet een Beroep op Glinda de Goede

oera!" riep de Vogelverschrikker vrolijk. "We kunnen dit verschrikkelijke nest van de Torenkraaien nu eindelijk verlaten en vertrekken wanneer we willen."

"Maar het is al bijna donker," zei de Blikken Man, "en tenzij we wachten tot morgen kan onze vlucht ons misschien wel meer problemen brengen. Ik vlieg liever niet 's nachts, je weet nooit wat er kan gebeuren."

Daarop werd besloten dat ze zouden wachten tot het daglicht, en de avonturiers vermaakten zich in de schemer door het nest te doorzoeken op jacht naar schatten.

De Wokkelkever vond twee prachtige armbanden van gevlochten goud, die goed om zijn magere armpjes pasten. De Vogelverschrikker gaf de voorkeur aan mooie ringen, waar er vele van waren in het nest. Binnen de kortste keren had hij een passende ring gevonden voor elke vinger van zijn gevulde handschoenen, maar ontevreden over wat hij zag voegde hij er nog één toe aan elke duim en pink. Hij koos zorgvuldig de ringen uit met sprankelende stenen, zoals robijnen, amethisten en saffieren, zodat de handen van de Vogelverschrikker er nu schitterend uitzagen.

"Dit nest zou een goede plek zijn voor een picknick van Koningin Djindjur," zei hij mijmerend, "want voor zover ik het begrijp hebben zij en haar meiden mij alleen van de troon gestoten om de stad van zijn smaragden te beroven."

De Blikken Man was tevreden met zijn diamanten halssnoer en weigerde om enig andere versiering om te doen, maar Tip nam een prachtig gouden zakhorloge, dat vastzat aan een zware sierketting, en deed hem trots in zijn zak. Hij speldde ook een paar broches met juwelen op het rode giletvest van Sjaak Pompoenstaak, en hij bevestigde een lorgnon, met een chic kettinkje, aan de nek van het Zaagpaard.

"Het is erg mooi," zei het beest terwijl hij de lorgnon goedkeurde, "maar waar dient het voor?"

Geen van hen wist een antwoord op die vraag, maar, zo besloot het Zaagpaard, het moest wel een zeldzaam sieraad zijn en hij raakte er erg aan gehecht.

En zodat niemand van het gezelschap tekort gedaan werd, plaatsten ze een aantal grote zegelringen op de uitstulpingen van het gewei van het Hert, al leek het vreemde wezen geenszins dankbaar voor de aandacht.

De duisternis kwam al snel en Tip en de Wokkelkever gingen slapen, terwijl de anderen geduldig wachtten tot de dag aanbrak.

De volgende morgen hadden ze reden genoeg om elkaar te feliciteren met de bruikbare staat waarin het Hert zich bevond, want in het daglicht konden ze een grote troep Torenkraaien aan zien komen, bereid om eens temeer slag te leveren voor de herovering van het nest. Maar onze avonturiers wachtten niet op de aanval. Ze tuimelden zo snel als ze konden op de met kussens beklede zitplaatsen van de sofa's en Tip gaf het Hert het teken te vertrekken.

Het schoot ogenblikkelijk de lucht in, en de grote vleugels flapten met sterke regelmatige slagen op en neer, en binnen enkele minuten waren ze zo ver van het nest geraakt dat de Torenkraaien zonder poging tot achtervolging bezit konden nemen van het nest.

Het Ding vloog regelrecht naar het Noorden, in de richting waar het vandaan was gekomen. Of op z'n minst was dat de mening van de Vogelverschrikker, en de anderen waren het erover eens dat de Vogelverschrikker het beste was in het bepalen van de richting. Nadat ze over verschillende steden en dorpjes waren gevlogen, droeg het Hert hen over een wijde vlakte waar de huizen meer en meer verspreid uit elkaar stonden, tot ze helemaal geen huizen meer zagen. Daarna kwam er een uitgestrekte, zanderige woestijn, die de rest van de wereld scheidde van het Land van Oz, en nog voor de middag zagen ze de ronde, koepelvormige huizen die bewezen dat ze weer in hun geboorteland waren.

"Maar de huizen en hekken zijn blauw," zei de Blikkenman, "en dat wijst erop dat we in het Land van de Knibbelingen zijn, en dus een heel eind van Glinda de Goede."

"Wat zullen we doen?" vroeg de jongen en hij draaide zich naar hun gids.

"Ik heb geen idee," antwoordde de Vogelverschrikker in alle eerlijkheid. "Als we bij de Smaragd Stad waren konden we regelrecht zuidwaarts gaan, en zo onze bestemming bereiken. Maar we durven niet ook maar in de buurt van de Smaragd Stad te komen, en het Hert brengt ons waarschijnlijk met elke slag van zijn vleugels verder in de verkeerde richting."

"Dan moet de Wokkelkever nog een pil slikken," zei Tip besluitvaardig, "en ons in de goede richting wensen."

"Maar natuurlijk," antwoordde de Opmerkelijk Reusachtige, "wil ik dat doen."

Maar toen de Vogelverschrikker zijn zak doorzocht kon hij het peperdoosje met de twee Wenspillen niet vinden. Met angst vervuld maakten de reizigers jacht op het doosje en elke duim van het Ding werd grondig onderzocht, maar het doosje was verdwenen.

En het Hert vloog alsmaar verder en verder, in onbekende richting.

"Ik moet het peperdoosje in het nest van de Torenkraaien hebben achtergelaten," zei de Vogelverschrikker uiteindelijk.

"Het is onfortuinlijk," verklaarde de Blikken Man. "Maar we zijn niet slechter af dan voor we de Wenspillen ontdekten."

"We zijn beter af," antwoordde Tip, "want die ene pil die we gebruikten hielp ons uit dat verschrikkelijke nest te ontsnappen."

"Toch is het verlies van de overige twee pillen een serieuze zaak en ik verdien een fikse uitbrander voor mijn onvoorzichtigheid," bracht de Vogelverschrikker berouwvol in. "Want in een ongewoon gezelschap als het onze kan je op elk moment ongevallen verwachten, en zelfs nu kunnen we een nieuw gevaar lopen."

Niemand durfde dit tegen te spreken en een bedompte stilte volgde.

Het Hert vloog gestaag door.

Plots gaf Tip een gil van verbazing.

"We moeten het Land van het Zuiden hebben bereikt," riep hij, "want beneden ons is alles rood!"

Ogenblikkelijk leunden ze allemaal over de achterkant van de sofa's om te kijken – allemaal behalve Sjaak, die niet het risico wilde nemen dat zijn hoofd van zijn nek zou glijden. Het was waar, de rode huizen en hekken en bomen wezen erop dat ze in het domein van Glinda de Goede waren, en op dat ogenblik herkende de Blikken Man, terwijl ze doorgleden, de wegen en gebouwen die ze passeerden, en hij veranderde de koers van het Hert licht zodat ze het paleis van de gevierde tovenares konden bereiken.

"Goed zo!" riep de Vogelverschrikker verheugd. "We hebben de verloren Wenspillen nu niet nodig, want we hebben onze bestemming bereikt."

Langzaam zakte het Ding omlaag en dichter bij de grond, tot het tot rust kwam in de prachtige tuinen van Glinda. Ze stonden op een fluweelgroen gazon vlak bij een fontein die in plaats van water glinsterende juwelen hoog de lucht in spoot, en bij het vallen maakten ze een zacht, tinkelend geluid als ze in het gebeeldhouwde marmeren bassin, dat er was om ze op te vangen, vielen.

Alles was wonderschoon in Glinda haar tuinen, en terwijl onze reizigers bewonderend hun ogen uitkeken, kwam er stilletjes een groepje soldaten aan die hen omringden. Maar de soldaten van de Tovenares waren volkomen anders dan de soldaten in het Leger van Opstand van Generaal Djindjur, zelfs al waren deze soldaten ook meisjes. Want Glinda haar soldaten droegen nette uniformen en waren bewapend met zwaarden en speren, en ze marcheerden met grote bekwaamheid en precisie, wat bewees dat ze goed getraind waren in de krijgskunst.

De Kapitein die het bevel voerde over deze troep – en die

Glinda haar persoonlijke Lijfwacht was – herkende de Vogelverschrikker en de Blikken Man meteen en groette hen met een respectvol saluut.

"Goeie dag!" zei de Vogelverschrikker en hij nam galant zijn
hoed af, terwijl de Blikken Man een soldatesk saluut maakte. "We zijn
gekomen voor een audiëntie met jullie goedgunstige regent."

"Glinda verwacht jullie binnen in haar paleis," antwoordde de
kapitein, "want ze zag jullie al aankomen lang voor jullie er waren."

"Dat is vreemd!" zei Tip verwonderd.

"Helemaal niet," antwoordde de Vogelverschrikker, "want
Glinda de Goede is een machtige Tovenares, en niets dat in het Land
van Oz gebeurt ontsnapt aan haar aandacht. Ik denk dat zij net zo goed
weet waarom wij hier zijn als wij dat zelf weten."

"Wat was dan het nut van onze komst hier?" vroeg Sjaak on-
nozel.

"Om te bewijzen dat je een echt pompoenhoofd hebt!" antwoordde de Vogelverschrikker. "Maar we moeten haar, als de Tovenares ons verwacht, niet laten wachten."

Dus klommen ze allemaal uit de sofa's en volgden ze de kapitein richting het paleis – zelfs het Zaagpaard nam zijn plaats in in de
vreemde processie.

Op haar troon van fijngeweven goud zat Glinda en ze kon maar
met moeite een glimlach onderdrukken toen de eigenaardige bezoekers binnenkwamen en voor haar bogen. Zowel de Vogelverschrikker
als de Blikken Man kende en mocht ze, maar de vreemde Pompoenstaak en de Opmerkelijk Reusachtige Wokkelkever waren wezens die
ze nooit eerder had gezien, en zij leken zelfs nog curieuzer dan de anderen. Wat het Zaagpaard betreft, hij leek niets meer dan een betoverd
stuk hout, en hij boog zo stijfjes dat zijn hoofd tegen de vloer stootte,
en dat veroorzaakte een golf van gelach onder de soldaten, waaraan
Glinda oprecht deelnam.

"Ik smeek Uwe glorieuze Hoogheid om te mogen vertellen,"
begon de Vogelverschrikker met een plechtige stem, "dat mijn Smaragd Stad is overgenomen door een groep onbeschaamde meisjes met
breinaalden, die alle mannen onderdrukken, de straten en publieke
gebouwen beroofd hebben van al hun smaragden juwelen, en zich
mijn troon hebben toegeëigend."

"Ik weet het," zei Glinda.

"Ze dreigden ook mij te vernietigen, net als alle goede vrienden en bondgenoten die u voor zich ziet," ging de Vogelverschrikker verder, "en hadden we niet aan hun vingers weten te ontsnappen dan waren onze dagen allang geteld geweest."

"Ik weet het," herhaalde Glinda.

"Ik ben daarom gekomen om u om hulp te smeken," hervatte de Vogelverschrikker zijn verhaal, "want ik geloof dat u oprecht behulpzaam bent aan de ongelukkigen en de onderdrukten."

"Dat is waar," antwoordde de Tovenares langzaam. "Maar de Smaragd Stad wordt nu door Generaal Djindjur geregeerd en zij heeft gezorgd dat zij uitgeroepen werd tot Koningin. Welke recht heb ik om tegen haar te zijn?"

"Ah! Zij stal de troon van mij," zei de Vogelverschrikker

"En hoe kwam jij in het bezit van de troon?" vroeg Glinda.

"Ik kreeg hem van de Tovenaar van Oz en door de keus van het volk," antwoordde de Vogelverschrikker, die zich ongemakkelijk voelde bij zo'n ondervraging.

"En hoe kwam de Tovenaar eraan?" ging ze rustig verder.

"Mij is verteld dat hij die afgenomen heeft van Pastoria, de voormalige koning," zei de Vogelverschrikker, die in verwarring geraakte door de doordringende blik van de Tovenares.

"Dan," verklaarde Glinda, "behoort de troon van de Smaragd Stad toe aan jou noch aan Djindjur, maar aan Pastoria, van wie de Tovenaar de troon onrechtmatig afgenomen heeft."

"Dat is waar," bevestigde de Vogelverschrikker nederig, "maar Pastoria is nu dood en weg, en iemand moet in zijn afwezigheid regeren."

"Pastoria had een dochter, en zij is de rechtmatige troonopvolger van de Smaragd Stad. Wist je dat?" vroeg de Tovenares.

"Nee," antwoordde de Vogelverschrikker. "Maar als het meisje nog in leven is zal ik haar niet in de weg staan. Het afzetten van Djindjur, de bedriegster, zal me even veel voldoening geven als zelf weer op de troon zitten. Eigenlijk is het helemaal niet zo leuk om koning te zijn, vooral als je een goed verstand hebt. Ik weet al sinds lange tijd dat ik geschikter ben voor een nobelere positie. Maar waar is dit meisje dat op de troon behoort en wat is haar naam?"

"Haar naam is Ozma," antwoordde Glinda. "Maar waar ze is heb ik tevergeefs geprobeerd te achterhalen. Want de Tovenaar van Oz heeft haar, toen hij de troon van Ozma's vader stal, op een geheime plek verborgen, en middels een magische truc waar ik niet mee bekend ben heeft hij voorkomen dat ze gevonden kon worden – zelfs niet door zo'n ervaren Tovenares als ikzelf."

"Dat is vreemd," onderbrak de Wokkelkever haar pompeus. "Ik heb vernomen dat de Wonderbaarlijke Tovenaar van Oz niets meer was dan een kolder!"

"Onzin!" riep de Vogelverschrikker, die zich uitgedaagd voelde door zulke taal. "Gaf hij me dan geen prachtig verstand?"

"Er is niets kolderigs aan mijn hart," verklaarde de Blikken Man en hij keek de Wokkelkever verontwaardigd aan.

"Misschien ben ik slecht geïnformeerd," stamelde het Insect, en hij deed een stapje terug, "ik heb de Tovenaar niet persoonlijk gekend."

"Wij wel," antwoordde de Vogelverschrikker, "en hij was een heel grote Tovenaar, dat verzeker ik je. Het is waar dat hij schuldig was aan enkele kleine bedrieglijkheden, maar tenzij hij een grote Tovenaar was, hoe – laat me je dat vragen – kon hij het kind Ozma dan zo goed verbergen dat niemand haar kan vinden?"

"I-ik geef het op!" antwoordde de Wokkelkever gedwee.

"Dat is het meest zinnige wat je tot nog toe hebt gezegd," zei de Blikken Man.

"Ik moet echt nog eens een poging wagen om uit te vinden waar het meisje verborgen is," ging de Tovenares bedachtzaam verder. "Ik heb in mijn bibliotheek een boek waarin elke handeling is opgeschreven die de Tovenaar deed toen hij in ons Land van Oz was – of, op z'n minst, elke handeling die kon worden geobserveerd door mijn spionnen. Ik zal dit boek vanavond minutieus doorlezen en proberen de handelingen te achterhalen die ons kunnen leiden naar de vermiste Ozma. In de tussentijd vraag ik jullie jezelf te amuseren in mijn paleis en mijn bedienden te bevelen alsof ze jullie eigen bedienden waren. Morgen zal ik jullie weer een audiëntie verlenen."

Met deze vriendelijke woorden stuurde Glinda de avonturiers weg, en ze zwierven door de prachtige tuinen, waar ze urenlang genoten van de verrukkelijke dingen waarmee de Koningin van het Zuiderland haar koninklijk paleis had omringd.

De volgende morgen verschenen ze weer voor Glinda en die zei tot hen:

172

"Ik heb zorgvuldig door de archieven van de handelingen van Tovenaar gezocht, en ik vond drie van hen verdacht. Hij at bonen met een mes, hij bracht drie bezoeken aan de oude Mombi, en hij hinkte lichtjes met zijn linkervoet."

"Ah! Dat laatste is zeker verdacht!" riep de Pompoenstaak.

"Niet per se," zei de Vogelverschrikker, "misschien had hij een likdoorn? Nu, het lijkt me eerder dat bonen eten met een mes verdachter is."

"Misschien is het een goed gebruik in Omaha, het grote land waar de Tovenaar oorspronkelijk vandaan kwam," suggereerde de Blikken Man.

"Dat zou kunnen," erkende de Vogelverschrikker.

"Maar waarom," vroeg Glinda, "bracht hij drie bezoeken aan de oude Mombi?"

"Ah! Ja, waarom!" echode de Wokkelkever imposant.

"We weten dat de Tovenaar de oude vrouw veel van z'n toverkunsten heeft geleerd," ging Glinda verder, "en dat zou hij niet gedaan hebben als zij hem niet op de een of andere manier geholpen zou hebben. We mogen dus vermoeden, met gegronde reden, dat Mombi hem geholpen heeft het meisje Ozma, de rechtmatige troonopvolgster van de Smaragd Stad, te verstoppen, want zij was een constant gevaar voor de bemachtiger van de troon. Want de mensen zouden, als ze wisten dat zij leeft, haar razendsnel koningin maken en haar haar rechtmatige plaats weer laten innemen."

"Een goed argument!" riep de Vogelverschrikker. "Ik twijfel er niet aan dat Mombi in deze kwalijke zaak verwikkeld is. Maar hoe helpt die kennis ons?"

"We moeten Mombi vinden," antwoordde Glinda, "en haar dwingen ons te vertellen waar het meisje wordt verborgen."

"Mombi is bij Koningin Djindjur, in de Smaragd Stad," zei Tip. "Zij was het die het ons zo moeilijk maakte tijdens onze reis, en ze jutte Djindjur op om mijn vrienden te vernietigen en mij weer onder het toezicht van die oude feeks te stellen."

"Dan," besloot Glinda, "zal ik met mijn leger naar de Smaragd Stad marcheren en Mombi gevangennemen. Daarna kunnen we haar misschien dwingen de waarheid over Ozma te vertellen."

"Ze is een oude en vreselijke feeks!" merkte Tip op en er ging een rilling door hem heen toen hij even aan de zwarte ketel van Mombi dacht. "En nog obstinaat ook."

"Ik ben zelf ook obstinaat," antwoordde de Tovenares met een lieflijke glimlach, "dus ben ik niet in het minst bang van Mombi. Vandaag zal ik alle nodige voorbereidingen treffen en morgen, bij het krieken van de dag, zullen we naar de Smaragd Stad marcheren."

Hoofdstuk 21:

De Blikken Man

Plukt een Roos

Ben je boos?
Pluk een roos.
Zet hem op je hoed,
dan ben je morgen weer zoet

et Leger van Glinda de Goede zag er heel groots en imposant uit toen het zich bij het ochtendgloren verzamelde voor de poorten van het paleis. De uniformen van de meisjessoldaten waren mooi en hadden vrolijke kleuren, en hun zilverpuntige speren waren helder en glinsterend; de lange stelen waren ingelegd met parelmoer. Alle officieren droegen een scherpe, glanzende sabel en schilden versierd met pauwveren, en het leek erop dat dit schitterende leger met geen mogelijkheid, door welke vijand dan ook, viel te verslaan.

De Tovenares zat in een prachtige <u>palankijn</u> die eruitzag als een koets. Hij had deuren en ramen met zijden gordijntjes, maar in plaats van wielen, zoals een koets die heeft, rustte de palankijn op twee lange, rechte balken, die op hun beurt op de schouders van twaalf bedienden rustten. De Vogelverschrikker en zijn vrienden besloten om de reis te maken in het Hert, om zo de snelle opmars van het leger te kunnen bijhouden, dus zodra Glinda en haar soldaten wegmarcheerden, op de inspirerende klanken die de koninklijke kapel speelde, klommen onze vrienden in de sofa's en volgden ze de stoet. Het Hert vloog langzaam mee op een punt direct boven de palankijn waarmee de Tovenares zich verplaatste.

"Wees voorzichtig," zei de Blikken Man tegen de Vogelverschrikker, die ver over de rand hing om naar het leger onder hen te kijken. "Straks val je nog."

"Het maakt toch niet uit," merkte de onderwezen Wokkelkever op, "hij kan niet aan de grond raken nu hij vol geld zit."

"Heb ik je niet gevraagd …" begon Tip met een verwijtende stem.

"Ja, dat heb je!" zei de Wokkelkever direct. "En het spijt me. Ik zal echt proberen mezelf in toom te houden."

"Dat is je geraden ook," verklaarde de jongen. "Tenminste, als je in ons gezelschap wilt reizen."

"Ah! Maar ik zou nu niet van jullie willen heen gaan," mompelde het Insect emotioneel, dus liet Tip het erbij zitten.

Het leger ging gestaag verder, maar de nacht kwam voor ze de muren van de Smaragd Stad hadden bereikt. Maar bij het asgrauwe licht van de nieuwe maan omsingelden Glinda haar troepen echter stilletjes de stad en zetten ze hun scharlakenrode zijden tenten op op het grasveld. De tent van de Tovenares was groter dan de andere tenten en gemaakt van witte zijde en had scharlakenrode banieren die erbovenuit wapperden. Er werd ook een tent opgezet voor de Vogelverschrikker en zijn gevolg, en toen alles klaar was gemaakt, met militaire precisie en vlugheid, ging het leger te bed om te rusten.

Groot was de verbazing van Koningin Djindjur de volgende morgen toen haar soldaten aan kwamen rennen om haar te informeren over het grote leger dat hen had omringd. Ze ging meteen naar een hoge toren van het koninklijk paleis en zag banieren in elke richting wapperen en de grote tent van Glinda stond direct tegenover de poorten.

"We zijn verloren," riep Djindjur wanhopig, "want hoe kunnen onze breinaalden het opnemen tegen de lange speren en vreselijke zwaarden van onze tegenstanders?"

"Het beste dat we kunnen doen," zei een van de meisjes, "is ons zo snel mogelijk overgeven, voor we gewond raken."

"Helemaal niet," antwoordde Djindjur stoutmoediger. "De vijand is nog altijd buiten de muren, we moeten dus tijd winnen door met ze te onderhandelen. Ga met een witte vlag naar Glinda en vraag haar waarom ze het heeft gewaagd mijn domein binnen te vallen en wat haar eisen zijn."

Dus kwam het meisje door de poorten naar buiten en droeg ze een witte vlag, als teken dat ze op een vredesmissie was, en ging naar Glinda haar tent.

"Vertel je koningin," zei de Tovenares tegen het meisje, "dat ze mij de oude Mombi moet uitleveren en dat ik Mombi gevangen zal nemen. Als dat is gebeurd zal ik haar verder niet lastigvallen."

Toen deze boodschap werd doorgegeven aan de Koningin was ze helemaal ontsteld, want Mombi was haar eerste raadvrouw, en Djindjur was vreselijk bang voor de oude tang. Maar ze liet Mombi komen en vertelde haar wat Glinda had gezegd.

"Ik zie problemen voor ons allemaal," mompelde de oude heks, nadat ze even in de magische spiegel, die ze in haar zak droeg, had gespiekt. "Maar we kunnen zelfs nu nog ontsnappen door deze Tovenares, slim als ze denkt dat ze is, te misleiden."

"Zou je niet denken dat het veiliger voor mij is om je aan haar uit te leveren?" vroeg Djindjur nerveus.

"Als je dat doet, zal het je de troon van de Smaragd Stad

kosten!" antwoordde de heks stellig. "Maar als je mij mijn eigen gang
laat gaan, kan ik ons beiden gemakkelijk redden."

"Doe dan maar wat je goeddunkt," antwoordde Djindjur, "want
het is zó aristocratisch om een koningin te zijn dat ik niet gedwongen
wil worden om terug naar huis te gaan om bedden te verschonen en de
vaat te wassen voor mijn moeder."

Dus riep Mombi Jellia Jamb bij zich en voerde een zeker magisch ritueel uit waarmee ze bekend was. De uitkomst van de betovering was dat Jellia de vorm en uiterlijke kenmerken van Mombi aannam, terwijl de oude heks meer en meer op het meisje begon te lijken
en het verschil zo klein werd dat het onmogelijk scheen dat iemand de
misleiding zou doorzien.

"Laat nu," zei de oude Mombi tegen de Koningin, "je soldaten
haar uitleveren aan Glinda. Zij zal denken dat ze de echte Mombi in
haar macht heeft, en ze zal meteen terugkeren naar haar eigen land in
het Zuiden."

En daarom werd Jellia, die mee strompelde als een oude
vrouw, door de poorten van de stad geleid en voor Glinda gebracht.

"Hier is de vrouw die je wilde hebben," zei een van de bewakers, "en onze Koningin verzoekt je nu om te gaan, zoals beloofd, en
ons in vrede achter te laten."

"Dat zal ik zeker doen," antwoordde Glinda, die erg in haar
nopjes was, "als dit werkelijk de vrouw is die ze lijkt te zijn."

"Het is zeker de oude Mombi," zei de bewaker, die werkelijk
geloofde dat ze de waarheid sprak, en toen gingen soldaten van Djindjur door de poorten terug naar de stad.

De Tovenares liet snel de Vogelverschrikker en zijn vrienden
naar haar tent brengen, en begon de valse Mombi te ondervragen over
het verdwenen meisje Ozma. Maar Jellia wist niets van de hele affaire,
en ze werd zo nerveus van de ondervraging dat ze brak en, tot Glinda
haar grote verbazing, begon te huilen.

"Hier zijn dwaze kunstjes uitgehaald!" zei de Tovenares en
haar ogen verschoten van woede. "Dit is Mombi helemaal niet, maar
iemand die moest doen alsof ze haar was! Vertel me," beval ze toen ze
zich naar het bevende meisje keerde, "wat is je naam?"

Maar Jellia durfde het niet te zeggen, de heks had haar met de
dood bedreigd als ze de fraude zou opbiechten. Maar Glinda, aardig
en schoon als ze was, begreep magie beter dan enig ander persoon in

het Land van Oz. Dus, door een paar krachtige woorden te spreken en een vreemd gebaar te maken, veranderde ze het meisje weer naar haar eigen vorm, terwijl op datzelfde moment de oude Mombi, ver weg in het paleis van Djindjur, plotseling haar eigen gekromde vorm en boze trekjes terugkreeg.

"Maar het is Jellia Jamb!" riep de Vogelverschrikker die in het meisje een van zijn oude vrienden herkende.

"Het is onze vertaler!" zei de Pompoenstaak met een brede glimlach.

Toen werd Jellia gedwongen te vertellen over de truc van Mombi, en ze vroeg Glinda haar te beschermen, wat de Tovenares graag deed. Maar Glinda was nu erg boos, en ze liet een boodschapper naar Djindjur gaan om de boodschap over te brengen dat de frauduleuze truc was ontdekt en dat ze de echte Mombi moest uitleveren of de vreselijke gevolgen ondergaan. Djindjur had de boodschap echter verwacht, want de heks wist donders goed dat Glinda de truc had doorzien doordat ze haar natuurlijke vorm teruggekregen had. Maar de oude, boze vrouw had alweer een nieuwe misleidende truc bedacht, en had Djindjur laten beloven die uit te voeren. Dus zei de Koningin tegen Glinda haar boodschapper:

"Vertel je meesteres dat ik Mombi nergens kan vinden, maar dat Glinda welkom is de stad binnen te gaan om zelf naar de oude vrouw te zoeken. Ze mag ook haar vrienden meebrengen, als ze dat wil, maar als ze Mombi niet voor zonsondergang heeft gevonden moet de Tovenares beloven vreedzaam weg te gaan en ons niet langer lastig te vallen."

Glinda ging akkoord met deze voorwaarden, ze wist heel goed dat Mombi ergens binnen de stadsmuren moest zijn. Dus opende Djindjur de poorten en Glinda marcheerde naar binnen, op de voet gevolgd door een compagnie soldaten, die werd gevolgd door de Vogelverschrikker en de Blikken Man, terwijl Sjaak Pompoenstaak schrijlings, met een been aan elke kant, op het Zaagpaard reed, en de Opgeleide, Opmerkelijk Reusachtige Wokkelkever er waardig achteraan slenterde. Tip liep aan de zijde van de Tovenares, want Glinda was erg gesteld geraakt op de jongen.

Natuurlijk had de oude Mombi geen enkele intentie om door Glinda gevonden te worden, dus terwijl haar vijanden door de straten marcheerden, transformeerde ze zichzelf in een rode roos die groeide in een struik in de tuin van het paleis. Het was een slim idee en een truc die Glinda niet zou verwachten, dus gingen er verschillende uren voorbij zonder dat Mombi werd gevonden.

Toen de zonsondergang dichterbij kwam, begon de Tovenares zich te realiseren dat de oude heks haar te slim af was geweest, dus beval ze haar onderdanen de stad uit te marcheren en terug te gaan naar hun tenten.

De Vogelverschrikker en zijn kameraden waren op dat moment toevallig in de tuin van het paleis, en met grote teleurstelling stonden ze op het punt om Glinda haar bevel op te volgen. Maar voor ze de tuin verlieten, zag de Blikken Man, die dol was op bloemen, zijn kans schoon om een grote rode roos, die op een struik groeide, te plukken en stevig vast te zetten in een knoopsgat van zijn blikken borststuk.

Toen hij dat deed dacht hij een diepe grom te horen van de roos, maar hij schonk verder geen aandacht aan het geluidje, en zo werd Mombi de stad uitgedragen, Glinda haar kampement in, en had niemand enig idee van het succes van hun queeste.

Hoofdstuk 22:

De Transformatie

van de

Oude Mombi

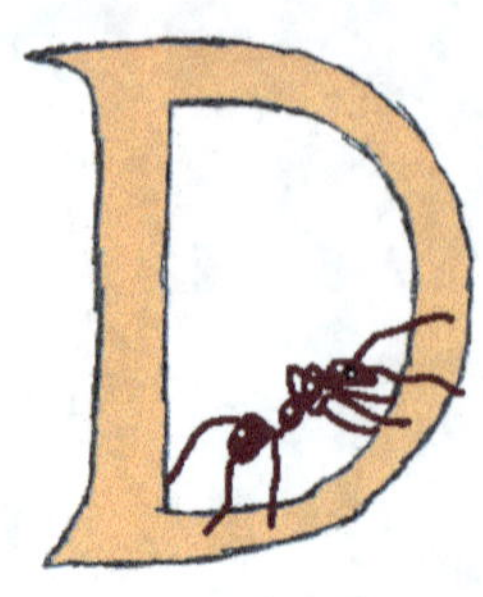

e Heks was eerst bang dat ze, nu ze gevangen was genomen door de vijand, ontdekt zou worden, maar al snel besloot ze dat het net zo veilig was in het knoopsgat van de Blikken Man als op de struik. Want niemand wist dat de roos en Mombi een en dezelfde waren, en nu de poorten van de stad er niet meer waren om haar tegen te houden waren haar kansen om te ontsnappen aan Glinda alleen maar toegenomen.

"Maar dat heeft geen haast," dacht Mombi. "Ik wacht nog even en geniet van de vernedering van de Tovenares omdat ik haar te slim af ben geweest."

Dus gedurende de nacht lag de roos stilletjes op de borst van de Blikken Man, en 's morgens, toen Glinda haar vrienden bijeenriep voor overleg, nam Niek Hakker zijn mooie bloem mee de witzijden tent in.

"Om de een of andere reden," zei Glinda, "hebben we gefaald de slimme oude Mombi te vinden, dus denk ik dat onze expeditie op een mislukking is uitgelopen. En dat spijt me vreselijk, want zonder onze hulp kan de kleine Ozma nooit haar rechtmatige plaats als Koningin van de Smaragd Stad innemen."

"Laten we het niet zo gemakkelijk opgeven," zei de Pompoenstaak. "Laten we iets anders proberen."

"Iets anders moet er zeker gebeuren," antwoordde Glinda met een glimlach, "toch kan ik niet begrijpen hoe ik zo gemakkelijk ben verslagen door zo'n oude heks die veel minder van magie weet dan ikzelf."

"Nu we toch hier zijn, geloof ik dat het beste dat we kunnen doen is dat we de Smaragd Stad veroveren voor Prinses Ozma, en dan later het meisje vinden," zei de Vogelverschrikker. "En zolang als het meisje verborgen blijft zal ik graag in haar plaats regeren, want ik begrijp het regeren veel beter dan Djindjur dat doet."

"Maar ik heb beloofd Djindjur niet lastig te vallen," protesteerde Glinda.

"Waarom gaan jullie niet allemaal mee naar mijn koninkrijk – of liever keizerrijk," zei de Blikken Man beleefd terwijl hij met een koninklijk armgebaar aangaf dat hij het hele gezelschap bedoelde. "Het zal me een genoegen zijn jullie welkom te heten in mijn kasteel, waar genoeg ruimte is en kamers te over zijn. En als jullie vernikkeld willen worden, dan doet mijn kamerheer dat voor niets."

Terwijl de Blikken Man aan het woord was, was het Glinda haar ogen opgevallen dat de Blikken Man een roos in zijn knoopsgat had, en nu verbeeldde ze zich dat ze de grote rode bladeren zachtjes zag trillen. Dit wekte ogenblikkelijk haar argwaan, en amper een moment later had ze besloten dat de ogenschijnlijke roos niets minder was dan een getransformeerde oude Mombi. Op datzelfde ogenblik wist Mombi dat ze was ontdekt en nu moest ze vliegensvlug een ontsnappingsplan bedenken, en aangezien transformaties gemakkelijk voor haar waren nam ze ogenblikkelijk de vorm van een schaduw aan en gleed over de wand van de tent richting de uitgang, denkend dat ze zo weg kon komen.

Glinda was echter niet alleen haar gelijke in sluwheid, maar ze had ook veel meer ervaring dan de Heks. Zo bereikte de Tovenares de opening van de tent voor de schaduw dat deed, en met een zwaai van haar hand sloot ze de ingang van de tent zo goed dat Mombi geen splétje kon vinden dat groot genoeg was voor haar om door te ontsnappen. De Vogelverschrikker en zijn vrienden waren verbaasd over de acties van Glinda, want geen van hen was de schaduw opgevallen. Maar de Tovenares zei tegen hen:

"Wees allemaal absoluut stil! Want de oude Heks is zelfs nu bij ons in de tent, en ik hoop haar te vangen."

Mombi schrok zo van deze alarmerende woorden dat ze zichzelf van een schaduw veranderde in een zwarte mier, en in die vorm kroop ze nu over de grond op zoek naar een scheur of spleet waarin ze haar kleine lichaam kon verbergen.

Gelukkig was de grond waar de tent op was opgezet, direct voor de stadspoorten, hard en glad. Terwijl de Mier nog steeds over de vloer kroop, ontdekte Glinda het dier en rende ze vlug naar voren om hem gevangen te nemen. Maar juist toen haar hand naar beneden ging voerde de heks, die nu buiten zichzelf was van angst, haar laatste transformatie uit, en in de vorm van een grote griffioen sprong ze door de zijkant van de tent – in haar haast scheurde het zijde in stukken – en binnen de kortste keren was ze met de snelheid van een wervelwind weggevlogen.

Glinda twijfelde geen moment en ging achter haar aan. Ze sprong op de rug van het Zaagpaard en riep:

"Nu zul je bewijzen dat je het recht hebt om te leven! Ren-ren-

ren!"

Het Zaagpaard rende. Als een flits volgde hij de griffioen, de houten benen bewogen zo snel dat het leek alsof ze twinkelden als de stralen van een ster. Nog voor onze vrienden goed en wel in de gaten hadden wat er was gebeurd, waren de griffioen en het Zaagpaard al uit het zicht verdwenen.

"Kom! Laten we ze volgen!" riep de Vogelverschrikker.

Ze renden naar de plaats waar het Hert stond en ze klommen aan boord.

"Vlieg!" beval Tip haastig.

"Waarnaartoe?" vroeg het Hert met zijn kalme stem.

"Dat weet ik niet," antwoordde Tip, die nerveus werd van de vertraging, "maar als je opstijgt kunnen we vandaar wel zien waar Glinda naartoe is gegaan."

"Dat is goed," antwoordde het Hert zachtjes, en het spreidde zijn grote vleugels en steeg hoog de lucht in.

Ver weg, over de weiden, konden ze nu twee kleine stipjes zien die elkaar achterna zaten, en ze wisten dat deze stipjes de griffioen en het Zaagpaard moesten zijn. Dus vestigde Tip de aandacht van het Hert op de stipjes en vroeg het wezen de Heks en de Tovenares in te halen. Maar, hoe vlug het Hert ook kon vliegen, de achtervolgde en de achtervolgster bewogen zich nog sneller, en binnen enkele momenten waren ze tegen de horizon niet meer te zien.

"Laten we ze toch maar volgen," zei de Vogelverschrikker, "want het Land van Oz is van geringe omvang, en vroeg of laat moeten ze stoppen."

De oude Mombi dacht dat ze een goede beslissing had genomen door de vorm van een griffioen aan te nemen, want haar poten waren buitengewoon vlug en hun kracht was groter dan die van de benen van de meeste beesten. Ze had echter geen enkele rekening gehouden met de onuitputtelijke kracht van het Zaagpaard, wiens houten ledematen dagen achtereen konden rennen zonder vaart te verminderen. Daarom begon de griffioen na een uur van hard rennen buiten adem te raken en pijnlijk te puffen en te hijgen en steeds langzamer te bewegen. Toen bereikte ze de rand van de woestijn en begon over het diepe zand te rennen. Maar de vermoeide poten zonken diep weg in het zand en binnen een paar minuten viel de griffioen voorover, compleet uitgeput, en bleef stilletjes liggen op de woestijnvlakte.

Glinda kwam amper een moment later, nog steeds het energieke Zaagpaard berijdend, en de Tovenares had een dunne gouden draad uit haar gordel getrokken en wierp hem over het hoofd van de naar adem snakkende en hulpeloze griffioen en maakte zo de magische krachten van de transformatie van Mombi ongedaan.

Want het beest verdween, met een felle huivering, uit het zicht, en daarvoor in de plaats verscheen de vorm van de oude Heks, die woest naar het serene en schone gezicht van de Tovenares keek.

Hoofdstuk 23:

Prinses Ozma van Oz

e bent mijn gevangene en het heeft geen enkele zin om je nog langer te verzetten," zei Glinda met haar zachte, zoete stem. "Blijf maar even liggen en rust maar even uit en dan zal ik je terug naar mijn tent dragen."

"Wat wil je van me?" vroeg Mombi, die moeite had met praten omdat ze nog steeds buiten adem was. "Wat heb ik jou ooit aangedaan dat je me nu zo achtervolgt?"

"Je hebt mij niets aangedaan," antwoordde de lieflijke Tovenares, "maar ik vermoed dat je schuldig bent aan een aantal boze daden, en als ik ontdek dat het waar is en jij aldus je kennis van de magie hebt misbruikt, zal ik je zwaar straffen."

"Ik zal je weerstaan!" kwaakte de oude tang. "Mij durf je niets te doen!"

Juist op dat moment kwam het Hert aangevlogen en landde op de woestijnvlakte naast Glinda. Onze vrienden waren verheugd om te zien dat Mombi eindelijk gevangen was genomen, en na kort overleg werd er besloten dat ze allemaal terug naar het kamp zouden gaan in het Hert. Dus werd het Zaagpaard aan boord gegooid en stapte Glinda aan boord terwijl ze nog steeds het einde van de gouden draad vasthield die om de nek van Mombi zat, en ze dwong haar gevangene de sofa's binnen te klauteren. De anderen volgden, en Tip gaf het Hert het bevel om terug te keren.

De reis verliep veilig. Mombi zat op haar plek met een grimmig en nors gezicht, want de oude tang was volkomen hulpeloos zolang de magische draad om haar nek zat. Het leger bejubelde de terugkeer van Glinda met luide hoera-kreten, en het gezelschap van vrienden kwam snel weer samen in de koninklijke tent, die netjes was gerepareerd tijdens hun afwezigheid.

"Nu," zei de Tovenares tegen Mombi, "wil ik dat je ons vertelt waarom de Wonderbaarlijke Tovenaar van Oz jou drie bezoeken bracht, en wat er is geworden van het kind Ozma, dat zo mysterieus is verdwenen."

De Heks keek Glinda uitdagend aan, maar zei geen woord.

"Geef antwoord!" riep de Tovenares.

Maar Mombi hield haar mond.

"Misschien weet ze het niet," merkte Sjaak op.

"Wil je alsjeblieft stil zijn!" zei Tip. "Je zou alles weleens kunnen verpesten met je dwaasheid."

"Uitstekend, lieve vader!" antwoordde de Pompoenstaak gedwee.

"Gelukkig ben ik een Wokkelkever!" mompelde het Opmerkelijk Reusachtige Insect zachtjes. "Niemand verwacht dat er wijsheid uit een pompoen komt."

"Goed," zei de Vogelverschrikker, "wat zullen we doen om Mombi aan de praat te krijgen? Tenzij ze ons vertelt wat we willen weten zal haar gevangenschap ons geen goed doen."

"Ik stel voor dat we het eens vriendelijk vragen," stelde de Blikken Man voor. "Ik heb gehoord dat iedereen is te veroveren met vriendelijkheid, hoe lelijk hij ook is."

Hierop keek de Heks hem zo verschrikkelijk lelijk aan dat de Blikken Man verward naar achter stapte.

Glinda had goed overwogen wat ze moest doen, en nu draaide ze zich naar Mombi en zei:

"Je zult niets winnen, dat verzeker ik je, als je ons blijft trotseren. Want ik ben vastberaden de waarheid te achterhalen over het meisje Ozma, en tenzij je alles vertelt wat je weet, zal ik je zeker doden."

"Oh, nee! Doe dat niet!" riep de Blikken Man. "Het is vreselijk om iemand te doden – zelfs de oude Mombi!"

"Het is maar een dreigement," antwoordde Glinda. "Ik zal Mombi niet doden, want ze zal ons liever de waarheid vertellen."

"Oh, ik begrijp het!" zei de man van blik opgelucht.

"Stel dat ik je alles zou vertellen wat ik weet," zei Mombi zo plotseling dat ze er allemaal van schrokken. "Wat doe je dan met mij?"

"In dat geval," antwoordde Glinda, "zal ik je alleen vragen een sterk brouwsel te drinken dat ervoor zal zorgen dat je alle magie die je ooit geleerd hebt zult vergeten."

"Maar dan word ik een hulpeloze oude vrouw!"

"Maar je leeft dan tenminste nog," opperde de Pompoenstaak geruststellend.

"Probeer voor eens toch een keer stil te zijn," zei Tip nerveus.

"Dat zal ik proberen," antwoord Sjaak, "maar je bent het toch wel met me eens dat het goed is om te leven?"

"Zeker als men ook nog eens Degelijk Onderwezen is," voegde de Wokkelkever er met een knikje van goedkeuring aan toe.

"Je mag nu je keus maken," zei Glinda tegen de oude Mombi, "of je blijft zwijgen en zal sterven, of je verliest je magische krachten als je mij de waarheid vertelt. En ik denk dat je de voorkeur geeft aan blijven leven.”

Mombi keek haar ongemakkelijk aan, maar zag dat de Tovenares het meende en dat er met haar niet viel te spotten. Dus antwoordde ze langzaam:

“Ik zal je vragen beantwoorden.”

“Dat is wat ik had verwacht,” zei Glinda vriendelijk. “Je hebt een wijs besluit genomen, dat verzeker ik je.”

Toen wenkte ze een van haar kapiteins en die bracht haar een mooi gouden kistje. Hieruit haalde de Tovenares een gigantische witte parel, met daaraan een dun kettinkje en ze hing het om haar nek, zodat de parel op haar boezem, direct boven haar hart, rustte.

“Goed,” zei ze, “nu zal ik je mijn eerste vraag stellen: Waarom bracht de Tovenaar je drie bezoekjes?”

“Omdat ik niet naar hem wilde komen,” antwoordde Mombi.

“Dat is geen antwoord,” zei Glinda streng. “Vertel me de waarheid.”

“Eerlijk gezegd,” antwoordde Mombi met haar ogen naar beneden gericht, “kwam hij me opzoeken om te leren hoe ik theebiscuitjes maak.”

“Kijk omhoog!” beval de Tovenares.
Mombi gehoorzaamde.

“Wat is de kleur van mijn parel?” wilde Glinda weten.

“Nu – hij is zwart!” antwoordde de oude Heks verbaasd.

“Dan heb je me een leugen verteld!” riep Glinda boos. “Alleen wanneer de waarheid wordt gesproken zal mijn parel een zuiver witte kleur hebben.”

Mombi zag nu wel in dat het zinloos was om de Tovenares nog langer te misleiden, maar keek chagrijnig vanwegehaar verlies.

“De Tovenaar bracht mij het meisje Ozma, dat niets meer was dan baby, en smeekte me het kind te verbergen.”

“Precies wat ik al dacht,” verklaarde Glinda kalmpjes. “Wat gaf hij je in ruil voor je diensten?”

“Hij leerde me al de magische trucjes die hij kende. Sommige waren goede trucjes, en sommige waren enkel bedrog, maar ik bleef trouw aan mijn belofte.”

“Wat deed je met het meisje?” vroeg Glinda, en hierop boog iedereen naar voren in afwachting van het antwoord.

"Ik betoverde haar," antwoordde Mombi.

"Wat voor betovering?"

"Ik transformeerde haar in ... in een ... "

"In wat!" beval Glinda toen de Heks aarzelde.

"In een jongen!" zei Mombi op een lage toon.

"Een jongen!" echode iedereen, en toen, omdat ze allemaal wisten dat de oude vrouw Tip van kinds af aan had opgevoed, keken ze allemaal naar waar de jongen stond.

"Ja," antwoordde de oude Heks en ze knikte met haar hoofd, "dat is Prinses Ozma – het kind dat bij mij werd gebracht en van wiens vader de Tovenaar de troon stal. Dat is de rechtmatige Heerser van de Smaragd Stad!" en ze wees met haar knobbelige vinger regelrecht naar de jongen.

"Ik!" riep Tip verbaasd. "Maar, ik ben geen Prinses Ozma – ik ben geen meisje!"

Glinda glimlachte en ze ging naar Tip en nam zijn kleine bruine hand in haar fijne witte hand.

"Je bent nu geen meisje," zei ze vriendelijk, "omdat Mombi je in een jongen heeft veranderd. Maar je bent als meisje geboren, en ook als prinses, dus moet je je echte vorm weer aannemen en Koningin van de Smaragd Stad worden."

"Oh, laat Djindjur maar koningin zijn!" riep Tip uit die op het punt stond om in huilen uit te barsten. "Ik wil een jongen blijven en met de Vogelverschrikker en de Blikken Man reizen en met de Wokkelkever en met Sjaak – ja, en met mijn vriend het Zaagpaard – en het Hert! Ik zal geen meisje zijn!"

"Het geeft niet, ouwe jongen," zei de Blikken Man geruststellend, "het doet geen pijn om een meisje te zijn, dat is wat men mij heeft verteld, en we zullen allemaal gewoon je trouwe vrienden blijven. En, om eerlijk te zijn, ik heb meisjes altijd leuker gevonden dan jongens."

"Ze zijn, hoe dan ook, even leuk," voegde de Vogelverschrikker eraan toe en hij klopte Tip gebroederlijk op zijn hoofd.

"En zij zijn even goede studenten," verklaarde de Wokkelkever. "Ik zal graag je leermeester worden als je weer een meisje bent."

"Maar ... als" zei Sjaak Pompoenstaak met een snik, "jij een meisje wordt, kan je niet langer mijn lieve vader zijn!"

"Nee," antwoordde Tip lachend ondanks dat hij een beetje bang was, "en het zal me niet spijten dat ik aan die familieband kan ontsnappen." Toen voegde hij er haastig aan toe terwijl hij zich naar Glinda draaide: "Ik wil het wel een poosje proberen – gewoon om te weten hoe het is, begrijp je. Maar als ik het niet leuk vind moet je beloven me weer in een jongen te veranderen."

"Werkelijk," zei de Tovenares, "dat gaat mijn magie te boven. Ik zal nooit transformaties uitvoeren, want ze zijn niet eerlijk, en geen respectabele tovenares vindt het leuk om dingen te laten zijn wat ze niet zijn. Alleen gewetenloze heksen gebruiken die kunst en daarom moet ik Mombi vragen je van haar spreuk te bevrijden en je weer naar je werkelijke vorm terug te brengen. Het zal de laatste mogelijkheid voor haar zijn om magie te gebruiken."

Nu de waarheid over Prinses Ozma was ontdekt, maakte het Mombi niets meer uit wat er met Tip gebeurde, maar ze vreesde Glinda haar woede, en de jongen had genereus beloofd voor Mombi te zorgen op haar oude dag als hij regent van de Smaragd Stad zou worden. Dus stemde de Heks erin toe om de transformatie uit te voeren en de voorbereidingen voor de gebeurtenis werden meteen in gang gezet.

Glinda liet haar eigen koninklijke <u>divan</u> in het midden van de tent zetten. Er lag een dikke laag roodzijden kussens op en erboven, aan een gouden reling, hingen vele geplooide, rozenrode draperieën, die de divan helemaal omringden.

Het eerste dat de Heks deed was de jongen een drankje laten drinken dat hem snel een diepe en droomloze slaap in stuurde. Toen legden de Blikken Man en de Wokkelkever de jongen zachtjes op de divan, op de zachte kussens, en sloten de draperieën en onttrokken hem zo aan het aardse zicht.

De Heks hurkte op de grond en maakte een klein vuur van gedroogde kruiden, die ze uit haar boezem haalde. Toen de vlammen omhoogschoten en het vuur flink brandde, strooide Mombi een handvol magisch poeder over het vuur, waar ogenblikkelijk een violette damp vanaf kwam die de hele tent vulde met zijn geur en het Zaagpaard moest ervan niezen – al was hij gewaarschuwd dat hij stil moest blijven.

Toen, terwijl de anderen nieuwsgierig toekeken, zong de feeks een ritmisch versje met woorden die niemand begreep, en ze boog met haar lichaam zevenmaal van achter naar voren over het vuur. En nu leek de bezwering compleet, want de Heks ging rechtop staan en riep het woord "Yeowa!" met een luide stem.

196

De damp dreef weg en de lucht klaarde op en een zuchtje frisse lucht vulde de tent, en de rozenrode gordijnen van de divan trilden lichtjes, alsof ze vanbinnen werden aangeraakt.

Glinda liep naar de baldakijn en deed de zijden doeken opzij. Toen leunde ze over de kussens, stak haar hand uit, en van de divan kwam de gestalte van een jong meisje, fris en schoon als een ochtend in mei. Haar ogen sprankelden als twee diamanten en haar lippen waren gekleurd als toermalijn. Over haar rug golfden lokken van rossig goud, met op haar voorhoofd een dunne met juwelen versierde diadeem, die de lokken bij elkaar hield. Haar gewaden waren van een zijden gaas en zweefden om haar heen als een wolk, en ze droeg verfijnde satijnen muiltjes om haar voeten.

Bij deze wonderschone verschijning keken Tips oude kameraden wel een minuut lang verwonderd naar haar, en toen boog elk hoofd uit eerlijke bewondering voor de lieflijke Prinses Ozma. Het meisje keek naar Glinda haar heldere gezicht, dat gloeide van plezier en voldoening, en keek toen naar de anderen. Ze sprak met een lieflijke schroom:

"Ik hoop dat jullie niet minder om mij zullen geven. Ik ben gewoon dezelfde Tip, weet je, alleen … alleen …"

"Alleen ben je anders!" zei de Pompoenstaak, en iedereen vond dat het wijste dat hij ooit had gezegd.

Hoofdstuk 24:

Rijkdom Zit Vanbinnen

oen het goede nieuws de oren van Koningin Djindjur bereikte – over hoe Mombi, de Heks, gevangen was genomen, en hoe ze haar daden had opgebiecht aan Glinda, en hoe Prinses Ozma eindelijk gevonden was en niemand minder dan de jongen Tip bleek te zijn – huilde ze echte tranen van verdriet en wanhoop.

"En dan te bedenken," kreunde ze, "dat nadat ik als koningin heb geregeerd en als God in Frankrijk heb gewoond in een paleis, ik nu weer vloeren moet gaan schrobben en boter moet karnen! Wat een verschrikking! Ik prakkezeer er niet over!"

Dus toen haar soldaten, die het grootste deel van hun tijd in de paleiskeuken doorbrachten om kletskoeken te maken, haar adviseerden om weerstand te bieden, luisterde ze naar hun domme geklets en stuurde een scherpe afwijzing naar Glinda de Goede en Prinses Ozma. Het resultaat was een oorlogsverklaring, en de volgende morgen marcheerde Glinda naar de Smaragd Stad met wapperende banieren en speelden de militaire kapellen hun muziek, en een woud van glanzende speren sprankelende in de stralen van de zon.

Maar de opmars van de stoutmoedigen kwam plotseling tot een halt voor de muren van de stad, want Djindjur had alle poorten laten sluiten en barricaderen, en de muren van de Smaragd Stad waren hoog gebouwd en dik door de vele blokken groenmarmer. Met de opmars zo verijdeld, fronste Glinda haar wenkbrauwen terwijl ze diep nadacht, en de Wokkelkever zei op zijn meest besliste toon:

"We moeten de stad belegeren, en door uithongering dwingen zich over te geven. Het is het enige dat we kunnen doen."

"Niet waar," antwoordde de Vogelverschrikker. "We beschikken nog steeds over het Hert, en het Hert kan nog steeds vliegen."

De Tovenares draaide zich bij het horen van deze woorden abrupt om en op haar gezicht stond een brede glimlach.

"Je hebt helemaal gelijk," riep ze, "en je kunt met recht trots zijn op je verstand. Laten we meteen naar het Hert gaan!"

Dus passeerde ze de rijen van het leger tot ze bij de plek kwamen, vlak bij de tent van de Vogelverschrikker, waar het Hert stond. Glinda en Prinses Ozma klommen het eerst aan boord en gingen op de sofa's zitten. Toen klommen de Vogelverschrikker en zijn vrienden aan boord, en er was nog genoeg plaats over voor een Kapitein en drie soldaten, hetgeen Glinda genoeg bewaking vond.

Nu, op een woord van de Prinses klapte het vreemde Ding dat ze het Hert noemden met zijn palmbladvleugels en steeg de lucht in, en droeg het gezelschap van avonturiers hoog boven de stadsmuren uit. Ze zweefden over het paleis en al snel zagen ze Djindjur in een hangmat liggen op de binnenplaats, waar ze van alle gemakken voorzien een boek met een groene omslag las en groene chocolaatjes at, erop vertrouwende dat de muren haar wel zouden beschermen tegen haar vijanden. Op een snel bevel landde het Hert veilig op deze zelfde binnenplaats en nog voor Djindjur de tijd had om meer te doen dan een schreeuw te geven, was ze al gevangengenomen door de Kapitein en de drie soldaten die uit het Hert waren gesprongen en de polsen van de voormalige koningin in stevige boeien sloegen.

Dat maakte meteen een einde aan de oorlog, want het Leger van Opstand gaf zich over zodra ze wisten dat Djindjur een gevangene was, en de Kapitein marcheerde veilig door de straten van de stad naar de poorten, die ze wagenwijd opengooide. Toen speelden de militaire kapellen hun meest ontroerende muziek terwijl het leger van Glinda door de stad marcheerde, en de herauten verkondigden de overwinning op de brutale Djindjur en de troonsbestijging van de wonderschone Prinses Ozma, die de plek innam van haar koninklijke voorouders.

Ogenblikkelijk wierpen de mannen van de Smaragd Stad hun schorten af. En er wordt gezegd dat de vrouwen het eten van hun mannen zo zat waren dat ze allemaal het nieuws van de overwinning op Djindjur met vreugde ontvingen. Zeker is in ieder geval dat de goede vrouwen, die zich stuk voor stuk naar de keukens van hun huizen haastten, een heerlijk feestmaal bereidden voor hun afgematte mannen en dat de harmonie in elk gezin ogenblikkelijk hersteld werd.

Het eerste dat Ozma deed was het Leger van Opstand bevelen elke smaragd of edelsteen die uit de publieke straten en gebouwen was gestolen terug te geven, en er waren zo veel waardevolle stenen van hun plek genomen door deze ijdeltuiten van meisjes, dat elke koninklijke juwelier wel een maandlang hard moest doorwerken om ze weer op hun oorspronkelijke plaats terug te zetten.

In de tussentijd werd het Leger van Opstand ontbonden en de meisjes werden teruggestuurd naar hun moeders. Met de belofte van goed gedrag werd ook Djindjur vrijgelaten.

Ozma bleek de lieflijkste koningin die de Smaragd Stad ooit had gekend, en al was ze jong en onervaren, ze regeerde haar volk met

wijsheid en rechtvaardigheid. Want Glinda gaf haar goede adviezen over alle aangelegenheden, en de Wokkelkever, die was aangesteld op de belangrijke post van Openbare Leraar, was ook erg behulpzaam voor Ozma als haar koninklijke verplichtingen te ingewikkeld werden.

Het meisje bood het Hert uit grote dankbaarheid voor zijn dienst elke beloning die hij maar wilde.

"Dan," antwoordde het Hert, "vraag ik u mij uit elkaar te halen. Ik heb nooit gewild dat ik tot leven werd gewekt, en ik schaam mij diep voor mijn samengestelde persoonlijkheid. Eens was ik een vorst in mijn woud, zoals mijn gewei bewijst, maar nu, in mijn gestoffeerde toestand van dienstbaarheid, ben ik gedwongen om door de lucht te vliegen – en mijn benen zijn mij van geen enkel nut. Daarom vraag ik om uiteen gehaald te worden."

Dus beval Ozma het Hert uit elkaar te halen. Het hoofd met gewei werd weer boven de schoorsteenmantel in de hal gehangen, en de sofa's werden losgemaakt en geplaatst in de ontvangstsalons. De bezemstaart hervatte zijn normale werkzaamheden in de keuken, en tot slot bevestigde de Vogelverschrikker de waslijnentouwtjes weer op de klosjes waar hij ze op die enerverende dag dat het Ding werd gemaakt vanaf had gepakt.

Je zult nu wel denken dat dit het einde van het Hert was, en dat is ook zo – als vliegmachine. Maar het hoofd boven de schoorsteenmantel bleef praten wanneer het daar zin in had, en met enige regelmaat overviel hij met zijn plotselinge vragen de mensen die in de hal moesten wachten op een audiëntie met de Koningin.

Het Zaagpaard, dat Ozma haar persoonlijk bezit was, werd goed verzorgd, en vaak reed ze op het vreemde wezen door de straten van de Smaragd Stad. Ze had zijn houten benen laten vergulden, om ze tegen slijten te beschermen, en het tingelen van deze gouden hoeven op de bestrating vervulde de onderdanen van de Koningin met ontzag, want zij zagen het als een teken van haar magische krachten.

"De Wonderbaarlijke Tovenaar was nooit zo wonderbaarlijk als Koningin Ozma," fluisterden de mensen tegen elkaar, "want hij claimde vele dingen die hij niet kon doen, terwijl onze nieuwe koningin juist dingen doet waarvan niemand ooit had gedacht dat ze het ooit zou kunnen." Sjaak Pompoenstaak bleef bij Ozma tot het einde van zijn dagen, en hij verging niet zo snel als hij wel had gevreesd, al bleef hij wel zo dom als altijd. De Wokkelkever probeerde hem wel verschillende kunsten en wetenschappen bij te brengen, maar Sjaak was een slechte student en al snel werd elke poging hem iets bij te brengen opgegeven.

Nadat Glinda haar leger terug naar huis was gemarcheerd en de vrede hersteld was in de Smaragd Stad, verkondigde de Blikken Man dat ook hij terug naar zijn eigen koninkrijk van de Wenkelingen wilde gaan.

"Het is wel geen groot koninkrijk," zei hij tegen Ozma, "maar dat maakt het alleen maar eenvoudiger te regeren, en ik heb mezelf Keizer laten noemen omdat ik een Absolute Monarch ben, en niemand zich bemoeit met hoe ik mijn publieke en persoonlijke zaken regel. Als ik thuiskom zal ik een nieuwe laagje nikkel aanbrengen, want ik ben ietwat ontsierd en bekrast geraakt de laatste tijd, en dan zal ik je graag weer ontvangen als je mij een bezoek brengt."

"Dank je," antwoordde Ozma. "Op een goede dag zal ik misschien wel gebruikmaken van die uitnodiging. Maar wat moet er van de Vogelverschrikker terechtkomen?"

"Ik zal met mijn vriend de Blikken Man mee terug gaan," zei de gevulde man serieus. "We hebben besloten om in de toekomst niet meer gescheiden te worden."

"En ik heb de Vogelverschrikker mijn Koninklijke Penningmeester gemaakt, " legde de Blikken Man uit, "want het leek me wel verstandig om een Koninklijke Penningmeester te hebben die gemaakt is van geld. Wat denk jij?"

"Ik denk," zei de kleine Koningin met een glimlach, "dat je vriend de rijkste man in heel de wereld is."

"Dat ben ik ook," antwoordde de Vogelverschrikker, "maar niet dankzij mijn geld. Want ik verkies verstand boven geld, in elk opzicht. Het is je misschien opgevallen dat iemand die geld zonder verstand heeft het niet in zijn voordeel kan gebruiken, maar als iemand verstand heeft zonder geld, kan hij tot het einde van zijn dagen comfortabel leven."

"En tegelijkertijd," verklaarde Blikken Man "moet je toegeven dat een goed hart iets is dat geen verstand kan maken en dat geld niet kan kopen. Misschien ben ik dan toch wel de rijkste man in de wereld."

"Jullie zijn beiden rijk, mijn vrienden," zei Ozma vriendelijk,

"en jullie rijkdom is het enige soort rijkdom dat de moeite waard is –
die rijkdom zit vanbinnen!"

The Finder

Nawoord bij hoofdstuk 14:

In hoofdstuk 14, De Oude Mombi Doet aan Hekserij, maakt de Wokkelkever (Eng: Woggle-Bug) een grap over een paard en een kever. In de oorspronkelijke tekst van L.F. Baum gaat de grap over een 'horse' en een 'buggy'.

Ik citeer:

"For instance, were I to ride upon this Saw-Horse, he would not only be an animal – he would become an equipage. For he would then be a horse-and-buggy."

Een horse-and-buggy is letterlijk een paard-en-wagen. Buggy zou een verkleinwoord van Bug (tor/kever/beestje) kunnen zijn. Over wat voor wagen dat dan precies is kun je hele bomen opzetten. Het probleem met de Nederlandse vertaling is dat je de grap wel kunt maken, maar dan verwijst 'wagen' uit de grap naar een Volkswagen Kever, die in 1904 (toen het boek werd geschreven) nog niet was uitgevonden. Mijn vertaling zou er zo hebben uitgezien:

"Bijvoorbeeld, zou ík op dit Zaagpaard rijden, zou hij niet alleen een dier zijn – hij zou een <u>equipage</u> worden. Want dan was hij zowel een paard als wagen."

Omdat ik geen <u>anachronisme</u> (iets dat buiten de context van de correcte tijd is geplaatst) in mijn vertaling duld, zadel ik mezelf dus op met een probleem. Na heel wat denk- en zoekwerk vond ik één eenzame verwijzing naar een 'paardenkever'. De naam stamt uit het *Gazophylacium medico-physicum, of schatkamer der genees- en natuur-kundige zaken*, door Johann-Jakob Woyt en Johannes Christophorus Schmellentin en uitgegeven door Abraham Graaf in 1766 en in 2011 gedigitaliseerd door de universiteit van Gent.

Mijn huidige vertaling, met de nodige aanpassingen is als volgt:

"Bijvoorbeeld, zou ík op dit Zaagpaard rijden, dan zou hij geen paard meer zijn – hij zou een vliegend hert zijn, dat ook bekend staat als paardenkever."

Ik dien hier echter de opmerking te plaatsen dat het Latijn van 1766 niet

210

meer precies overeenkomt met het Latijn van tegenwoordig. In de loop van de geschiedenis veranderen Latijnse benamingen voor 'beestjes', omdat men nieuwe verbindingen legt tussen verschillende rassen/soorten of omdat er (om wat voor reden dan ook) twee Latijnse benamingen voor het beestje bekend zijn. Tegenwoordig zou, wat wij het vliegende hert of de hertkever noemen, de Latijnse benaming (Coleoptera Scarabaeiformia Lucanidae) Lucanus cervus (Linnaeus) dragen. En ik hoop dat ik, met mijn beperkte kennis, de boel niet door elkaar heb gehaald.

CER. CES. CET.

sen zynde, naauwlyks grooter als een Mans hand is. 't Zelve is in 't *Linckifche* Kabinet, te *Leipfig* in zyn geheel.

CERVUS, een Hert/ is een overal bekend Dier, waarvan zeer veele Geneesmiddelen in de Apotheeken te vinden zyn; men ziet in de Konft-kamer te *Dresden* in het laatfte vertrek een gemaakt Hert, van uitgebrand harts-hoern, waarin alle *praeparata*, die van 't Hert afkomen, opgeflooten zyn, deeze zyn zoo veelvuldig in getal, dat men van dezelve een geheele Apotheek zoude kunnen uitleveren. In de Apotheeken, en Drogiftwinkelen vindt men *Cornu Cervi, Rafur. Corn. Cerv. Philofophic. Calcinat. Sal. vol. Corn. Cerv. Sp.* en *Ol. Corv. Cerv. Aq. è Typhis. Cervi, Lactryma Cervi, Bezoar Cervinum, Offa de Corde Cervi, Gelatina Corn. Cerv.* als ook uit deeze een over heerlyke zweet- en gift-dryvende *Effentia* die op de volgende wyze gemaakt word; R♃. *Gelatin. Corn. Cerv. q. v.* giet daarop *Spirit. Sambuc. q. f. extraheert* ze en doe daarby *Sal. Vol. Corn. Cerv. q. v.* Daar zyn twee Hoofd-geflachten van Herten, die men *Rangiferum* en *Ramiferum* noemt. 't Laatfte is dat met getakte Hoornen; en dit Dier vernieuwt zyne Hoornen ook Jaarlyks, groeijende die dan telkens weder aan met bykoming van een nieuwen tak; die in 't eerft met een haairige huid omgeeven, tot dat ze hard genoeg geworden zynde, van huid verwiffelt, die in den beginne wit, en daarna bruin is.

CERVUS VOLANS, dat is *Scarabaeus Cornutus*, een gehoornde Paarden-kever.

CESTRACION; is de Hamer-Difch, dus genoemd om dat deszelfs Kop naar eenen Hamer zweemt; wordende ook *Libella* en *Zygaena* genoemd; behoorende onder de kraakbeenige Viffchen, die eene verborgene *Bronchie* of Lucht-pyp hebben. (Zie KLEIN *Hiftor. Nat. Pifc.* en WATSON's *Dierl. Waereld,* daar men denzelven ook afgebeeld kan vinden)

CESTREUS, met dit Griekfche Woord beteekende *Ariftoteles* den Vifch *Capito,* of *Mugil*; zie voorts onder deezen laatften Tytel.

CETACEUM GENUS; begrypt alle de groote foorten van Zee-Viffchen, die *Longen* hebben, en van buiten gewoone grootte zyn; gelyk men ook het Woord

Woordenlijst

Anachronisme – iets dat buiten de context van de correcte tijd is geplaatst. (Bijvoorbeeld: een straaljager komt voor in een verhaal over het stenen tijdperk, dan is de straaljager een anachronisme, want er waren helemaal geen straaljagers in het stenen tijdperk).

Argusogen – "iets met argusogen bekijken" betekent ergens waakzaam en met wantrouwen naar kijken. Het spreekwoord komt voort uit de Griekse mythologie.

Bemachtiger – is een afgeleide van het woord 'bemachtigen.' Bemachtigen betekent (iets in je bezit) verkrijgen doordat iemand je iets heeft gegeven of doordat je iets heb genomen (al dan niet zonder het te vragen of te mogen). De bemachtiger is iemand die, na moeite daarvoor te hebben gedaan, iets verkrijgt.

Een voorbeeld; Er zijn meer mensen in een ruimte dan stoelen en je moet je uiterste best doen om een stoel te bemachtigen (te pakken te krijgen). Is je dat gelukt dan ben jij de 'bemachtiger' van de stoel.

Broche – is een speld. Werd vroeger gebruikt om een mantel, cape of sjaal op zijn plek te houden. Tegenwoordig draagt men hem voornamelijk nog als sieraad.

Coupure(s) – Waarde waarin bankpapier wordt uitgegeven. Geld, bijvoorbeeld de euro, is onderverdeeld in verschillende biljetten en munten met verschillende waardes. De euro wordt bijvoorbeeld uitgegeven in bankbiljetten in coupures van € 5, € 10, € 20, € 50, € 100, € 200 en € 500.

In het Amerika van L. Frank Baum van eind 19de eeuw/begin 20ste eeuw was het relatief nieuw dat er dollarbiljetten verschenen met een waarde van $ 500 en hoger.

D

Divan – rustbank. Een halfbed half bank meubel.

Dollar – ($) Betaalmiddel in de Verenigde Staten van Amerika en in verschillende andere landen in de wereld.

Duim – 1) een vinger die aan je hand zit.
2) vroeger was een duim ook een lengtemaat. De Amsterdamse duim was (afgerond naar beneden) 2 centimeter en 57 millimeter en er gingen 11 duimen in een Amsterdamse voet (zie voor voet de woordenlijst van *De wonderbaarlijke tovernaar van Oz*). De duim is nagenoeg gelijk aan de Amerikaanse inch (2,54 cm) en de Engelse duim (25,4 mm).

E

Equipage (Frans) – (uitspraak: ee-kwie-paa-zje) is een rijtuig met alles erop en er aan: paarden, bedienden enzovoort (of een schip met opvarenden – niet de officieren – en bagage).

Het woord heeft ook een tweede betekenis, namelijk de uitrusting van een officier in oorlogstijd.

F

Feeks – een boosaardige vrouw.

G

Galant – hoffelijk en beleefd, ook gracieus.

H

Honingstroop – Stroop van honing.

Stroop is een dikke vorm van siroop. Siroop gebruiken we bijvoorbeeld in limonade. Stroop doe je bijvoorbeeld lekker op je pannenkoek.

Traditionele stroop wordt gemaakt van appels en/of peren, maar ook stroop van esdoorn, citrusvruchten, bananen en suiker uit bieten of rietsuiker komt veel voor.

Ook wordt stroop als basis voor diverse geneesmiddelen gebruikt.

In de natuur komt stroop bijvoorbeeld voor in de vorm van honing.

Hopjes – (Haagse) hopjes zijn van oorsprong snoepjes met koffiesmaak (ook wel koffie-ulevel genoemd) vernoemd naar baron Hendrik Hop (1723-1808) die een Haagse diplomaat was in Brussel. De baron had suikerbakker Theodorus van Haaren uit Den Haag gevraagd de snoepjes te maken. Koffie was destijds (1792) nog maar net in Europa geïntroduceerd. Tegenwoordig zijn er verschillende soorten, maten en merken hopjes, maar er gaat niets boven een echt Haags hopje.

I

J

K

Karamelhopjes – *zie ook* hopjes. Hopjes van karamel.

Ken Uzelf – Grieks gezegde 'Gnothi seauton'. De Griekse schrijver Pausanias claimde dat het stond geschreven op de tempel van Apollo in Delphi. Het gezegde wordt aan verschillende Griekse grootheden toegeschreven, onder wie Socrates (de leermeester van de schrijver Plato).

Ook in het oude China komt een vergelijkbare woordspeling voor van Lao Tzu: Hij die anderen kent is wijs, hij die zichzelf kent is verlicht.

Keulen – Plaats in Duitsland. Het spreekwoord "het in Keulen horen donderen" betekent ergens zichtbaar verbaasd over zijn. Keulen is immers te ver weg om het daar te horen donderen.

Vroeger had het spreekwoord "hij heeft het in Keulen horen donderen" een andere betekenis, namelijk 'het interesseert hem geen ene moer, het kan hem niets schelen'.

Hoewel Keulen in de context van Oz niet op zijn plaats lijkt is het dat volgens de vertaler geen probleem. Natuurlijk heeft geen van de personages ook maar enig idee van wat Keulen is of waar het ligt, maar het de vertaler is ervan overtuigd dat de schrijver er hoogstwaarschijnlijk geen bezwaar tegen gehad zou hebben.

Klif – Een steile afgebrokkelde rots of berglaag die als een muur uitsteekt ten opzichte van de omgeving. Deze komen vaak voor aan de kust, zoals bij Dover (the white cliffs of Dover) en in het Roode Klif bij Stavoren (Friesland).

Kolosbakbeest – (Grieks) Kolos betekent groot.

L

Lorgnon (Frans) – ook wel een face-à-main of handbril genoemd, is een brilletje met een handvat en twee glaasjes. Dit was vroeger een chic en deftig herensieraad, net als een zakhorloge. Heeft het lorgnon maar één glaasje, dan wordt het ook wel een monocle genoemd. Zo'n monocle is tegenwoordig nog het bekendste van de Baron uit de populaire serie Bassie en Adriaan, die er één droeg.

M

Mangel – Een mangel is een werktuig dat in oude tijden werd gebruikt voor het verwijderen van vocht uit gewassen kleding en tegelijkertijd de kleding vlakstreek. Het bestond uit verschillende rollen die met de hand werden aangedreven door een draaiwiel.

Tegenwoordig kennen we nog het spreekwoord 'iemand door de mangel halen', wat zoiets betekent als 'iemand aan een kritisch vraaggesprek onderwerpen'.

Morbide – ziekelijk, luguber, macaber. Een omschrijving voor dingen of verbeeldingen die af-schuwelijk worden gevonden.

N

O

Obstinaat – Koppig en halsstarrig.

P

Paardenkever – Een kever die wij beter kennen onder de naam vliegend hert, *zie ook* vliegend hert.

Palankijn – een (Aziatische) draagstoel.

Een draagstoel is een kastje of huisje. Soms zijn er alleen vier paaltjes die een dakje dragen, met daarin of daarop soms een stoel of kussen waarop een belangrijk persoon zit. Zo'n kastje heeft links en rechts twee grote openingen, zodat iemand kan in- en uitstappen. Soms heeft zo'n draagstoel gordijntjes, zodat de belangrijke persoon ook nog wat privacy kan hebben.

De kast is bevestigd aan twee lange of vier korte stokken en word gedragen door twee of vier personen. In vroeger tijden waren deze dragers vaak slaven of bedienden. In Azië werden de palankijns vaak ook nog rijkelijk versierd.

De draagstoel of draagkoets werd niet alleen in Azië gebruikt, ook in de rest van de wereld lieten met name de rijken en edelen zich op die manier vervoeren, soms over langere afstanden. Als inzittende van zo'n draagstoel was je letterlijk 'iemand tot last'.

Processie – optocht, ook optocht van religieuze aard, zoals bij het vereren van heiligen.

Putz-pommade – Poetspommade is een smeersel om mee te poetsen. Pommade is ook een zalf om het haar glanzend en zacht mee te maken.

S

Scepter – is een sierlijk versierde, uiterst kostbare staf als symbool van gezag en vorstelijkheid. Vaak in het bezit van koningen, koninginnen en keizers en keizerinnen, maar ook hoge militaire officieren (admiralen en generaals) en lagere adel zijn soms toegestaan een scepter of een afgeleide daarvan te dragen.

Onder de bekendste scepters zijn die van koning Ottokar IV van Syldavië en die van de Egyptische farao's zoals (koning) Toetanchamon. Ook de Prinsen van Carnaval en (hof)narren dragen traditioneel scepters.

Het Nederlandse koningshuis kent ook het gebruik van een scepter, al wordt hij slechts zelden gezien.

Semper idem – (Latijns) altijd hetzelfde

Sintels – geheel of half uitgebrande steenkolen.

Sjaak-uit-een-doosje – is een verbastering van 'een duveltje uit een doosje'.

Een duveltje (of duiveltje) uit een doosje is een stuk speelgoed dat als doel heeft een kind te laten schrikken (op een grappige manier). Uit een klein doosjes springt, als je het opendoet, een eng (duveltje) of grappig (clown of nar) hoofd. Het hoofd zit op een veer en blijft na opening een poosje heen en weer dansen/springen. Er zijn ook doosjes die je met een sleuteltje of slinger kunt opwinden en dan speelt er (vaak) een muziekje en als het muziekje is afgelopen gaat het doosje plotsklaps open (soms pas na een klein poosje) en springt het 'duveltje' uit het doosje, waardoor het schrikeffect nog groter wordt.

Het speelgoed was zo populair dat het uiteindelijk zelfs in onze spreekwoorden opdook. Het betekent dat je iets niet had verwacht, het gebeurde onverwachts.

T

Torenkraai – is een Kauw. Een Kauw(tje) is een vogel die behoort tot de familie van de kraaien, in het Latijn Corvidea, Corvus monedula.

U

V

Verkwanseld – 'Verkwansel je geld niet', geef je geld niet uit aan waardeloze beuzelarijen of prulletjes. Geldt ook voor spulletjes, raak niet zomaar spulletjes kwijt of verruil geen spulletjes zonder een gelijke waarde terug te krijgen. 'Je ruilt geen koe voor een ei maar wel lood om oud ijzer.'

Vliegend hert – a) (Latijn: Lucanus cervus) een keversoort waarvan het mannetje een soort (herten)gewei heeft, vandaar de benaming vliegend hert.
b) personage in dit boek *zie* Wapiti.

Wapiti – a) 'Witte achterzijde' in de taal van de Shawnee-indianen.
b) Het is de naam van een edelhert dat behoort tot de familie van de hertachtigen (in het Latijn Cervidea) en onder de hertachtigen tot de onderfamilie van de echte herten (in het Latijn Cervinae).
c) personage in dit boek.

Witte kwaker – zie kwaker

Zaagpaard – Een zaagpaard is een grote versie van een zaagbok: een schraagvormige (∧-vorm) stelling waarop je het te zagen hout kunt leggen

Met dank aan:

U, de lezer, zonder wie de Koninklijke bibliotheek in de Smaragd Stad erg leeg zou zijn.

Monique Luiken, van DessinDestin, voor de prachtige illustraties en al het andere dat je voor dit project doet.

Ina Luiken, voor het lezen en corrigeren van de tekst.

Anne Tjerk Popkema & Renée Vink voor het sparren en de (ver)taaladviezen.

Familie Bakker, familie Luiken en aanverwanten.

Bob, Huub, Isabel, Jasper, Robin & Robin, zonder wie mijn leven anders zou zijn verlopen.

Aan wie wij nog vergeten zijn, neemt u daar geen aanstoot aan en bedenk dan hier staat uw naam.

L. Frank Baum:

L. Frank Baum (*1856* – 1919 †*) was schrijver, journalist, dichter, acteur en filmmaker. Baum trouwde in 1882 met de feministe Maud Gage (*1861* – 1953†*), met wie hij vier kinderen kreeg. De boeken *Mother Goose in Prose* (1897) en *Father Goose, His Book* (1899) zijn werken die in meer of mindere mate bekend zijn geworden tijdens het leven van Baum, maar zijn definitieve doorbraak kwam met het boek *The Wonderful Wizard of Oz* in 1900. In 1904 publiceerde Baum zijn eerste succesvolle vervolg getiteld *The Marvelous Land of Oz*.

Sneakpreview

De Kronieken van Oz:

De Wonderbaarlijke Tovenaar van Oz
ISBN: 978-90-821782-2-7

Verhaalt over hoe Doortje, een meisje uit Kansas in Amerika, in het Land van Oz terechtkomt. Doortje probeert om weer thuis te komen bij haar tante Emma en oom Hendrik. Alleen de Grote en Verschrikkelijke Tovenaar van Oz kan haar helpen. Daarom moet Doortje de weg met de gele steentjes volgen om in de Smaragd Stad te komen, waar de Tovenaar woont, en onderweg beleeft ze met haar vrienden de spannendste avonturen die een meisje uit Kansas ooit zal kunnen beleven. Zal Doortje ooit weer thuis komen?

Het Wonderlijke Land van Oz
ISBN: 978-90-821782-6-5

Verhaalt over de avonturen van Tip. Tip woont bij een oude feeks genaamd Mombi. Als het even kan maakt zij Tip het leven zuur. Als hun avonturen Tip en Sjaak Pompoenstaak naar de Smaragd Stad voeren zal Tip zich realiseren dat zijn leven nooit meer hetzelfde zal zijn, zeker als generaal Djindjur de Smaragd Stad bezet. Tip belandt van het ene avontuur in het andere en ontmoet de Vogelverschrikker, de Blikken Man en een bijzondere Wokkelkever. Zal de feeks Mombi in staat zijn om Tip weer in haar macht te krijgen? Blijft generaal Djindjur aan de macht in de Smaragd Stad?

Vreemde bezoekers uit Oz

Een waarheidsgetrouw verslag van de avonturen van de Vogelverschrikker, de Blikken Man, Professor O.R. Wokkelkever D.O. en hun vrienden in de vrij onbekende en grotendeels nog onverkende Verenigde Staten van Amerika.

Het Wokkelkeverboek

Verhaalt over de 'unieke avonturen' van professor O.R. Wokkelkever
D.O.

Ozma van Oz

Verhaalt over hoe Doortje in het Land van Ev terechtkomt, een me-
chanische man ontmoet en gevangengenomen wordt door een prinses
die het hoofd van Doortje wil hebben. Alleen prinses Ozma kan haar
nog redden. Zal Ozma op tijd zijn? En wat is de rol van de Noomkoning in dit alles?

Doortje en de Tovenaar in Oz

Verhaalt over hoe Doortje, Zep en de Tovenaar van Oz in de aarde
terechtkomen, waar de mensen van groente zijn en waar huizen van
glas groeien als bomen. Doortje, Zep en de Tovenaar belanden van het
ene avontuur in het andere. Zullen ze ooit nog uit de aarde komen?

De Weg naar Oz

Ozma viert groot feest en alle notabelen uit omliggende 'sprookjes-
landen' zijn uitgenodigd, onder wie Koningin Zixi van Ix. Dit boek
verhaalt over nieuwe avonturen van Doortje in Oz, waar ze veel nieuwe vrienden ontmoet, zoals de dochter van de Regenboog, en waar
ook enkele bekenden terugkomen zoals Ozma, de Vogelverschrikker
en de Blikken Man.

De Smaragd Stad van Oz

Oz is in groot gevaar, er dreigt een invasie van de Noomkoning en zijn
bergfeeën. Doortje en haar oom en tante reizen naar Oz zonder dit te
weten. Hoe zal dat aflopen?

Het Lappenmeisje van Oz

Verhaalt over hoe het Lappenmeisje tot leven kwam en over Une en Ojo, twee Knibbelingen, die in grote problemen komen. Kan de machtige Tovenaar van Oz hen redden?

Verhaaltjes uit Oz

Zes korte verhalen over onder anderen Doortje en Toto, de Laffe Leeuw en de Hongerige Tijger, de Vogelverschrikker en de Blikken Man, en Ozma en de kleine Tovenaar.

Tik-Tak van Oz

Betsie en haar ezel Henk leiden schipbreuk en spoelen aan op het strand van een vreemd en onbekend land. Betsie en Henk komen op hun avonturen oog in oog te staan met het leger van de Noomkoning. Gelukkig is er hulp onderweg, maar zal die hulp op tijd komen?

De Vogelverschrikker van Oz

Het avontuur begint wanneer Trot en Kapt'n Bil langs de Grote Oceaankust van het Amerikaanse California roeien en ze plotseling in een kolkgat terechtkomen. Het tweetal wordt op miraculeuze wijze gered, en tot op de dag van vandaag beweert Trot dat zij onder water de handen van Meerminnen voelde. De Vogelverschrikker neemt de leiding over als Bill wordt veranderd in een kleine sprinkhaan met een houten poot. Hoe zal dat aflopen?

Rinkitink in Oz

Rinkitink is een jolige, dikke koning die zich moet bewijzen als hij met Prins Inga van Pingarie in gevaarlijke avonturen belandt. Op hun avonturen komen ze zelfs helemaal naar het ondergrondse land van de

Noom-koning. Het tweetal heeft drie magische parels, maar zal dat hen helpen en zal Prins Inga stoutmoedig genoeg zijn om zijn ontvoerde ouders te redden?

De Verdwenen Prinses van Oz

Ozma is verdwenen! Ze was al eens verdwenen, voor lange tijd, maar dit is toch anders. Doortje en haar vrienden doen hun uiterste best om Ozma te vinden. Overal in Oz wordt naar Ozma gezocht, maar zal ze ooit gevonden worden?

De Blikken Houthakker van Oz

Toen de houthakker nog niet van blik was gemaakt, was hij verloofd met Nimmie Amee. De Boze Heks van het Oosten betoverde zijn bijl en al houthakkende hakte hij stuk voor stuk zijn lichaamsdelen eraf. Elke keer wanneer de houthakker een stuk van zijn lichaam kwijt was, liet hij het door een smid vervangen door een stuk van blik, totdat hij helemaal van blik was gemaakt. Omdat hij na het verliezen van zijn lichaam geen hart meer had, was hij niet meer verliefd op het meisje. De Boze Heks van het Oosten had gewonnen. Nu hij weer een hart heeft, wil hij op zoek gaan naar zijn verloofde. Zal hij haar ooit vinden en zal Nimmie al die tijd op hem hebben gewacht?

De Magie van Oz

De Noomkoning heeft zijn zinnen gezet op wraak op Ozma en hij reist af naar Oz. Onderweg komt hij de schelmachtige Kiki Aru tegen, die een enorme kracht heeft ontdekt. Zal deze magische en mysterieuze kracht van Kiki Aru de Noomkoning eindelijk zijn langgekoesterde wraak op Ozma en haar vrienden brengen?

Glinda van Oz

Verhaalt over Doortje en Ozma, die naar een afgelegen deel van Oz reizen om een oorlog te stoppen. Maar ze worden onderweg gevangen in een stad onder een kristallen koepel die afzakt naar de bodem van een meer. Glinda en de Tovenaar zijn nu de enigen die Doortje en Ozma nog kunnen redden, maar komen ze op tijd?

Minibiografie, Lexicon

Bevat een compleet lexicon en een minibiografie van Lyman Frank Baum.

De Kronieken van Oz: Deel 1:

De Wonderbaarlijke Tovenaar van Oz

L. Frank Baum

Ilustraties: Monique Luiken

De Wonderbaarlijke Tovenaar van Oz

-een fragment uit hoofdstuk 2-

Doortje luisterde met verbazing naar de kleine vrouw. Waarom noemde ze haar een tovenares en waarom zei ze dat Doortje de Boze Heks van het Oosten had gedood? Doortje was een onschuldig en ongevaarlijk klein meisje dat door een wervelstorm vele mijlen ver van huis was geraakt en ze had nog nooit ook maar een vlieg kwaad gedaan in haar hele leven.

Maar het was duidelijk dat de kleine vrouw een antwoord verwachtte van Doortje, dus zei ze wat stamelend:

"U bent erg aardig, maar er moet sprake zijn van een misverstand. Ik heb niemand doodgemaakt."

"Maar je huis wel," antwoordde de kleine oude vrouw met een glimlach, "en dat is hetzelfde. Kijk maar!" ging ze verder terwijl ze wees naar de hoek van het huis. "Er steken nog twee voeten onder het hout uit."

Doortje keek en gaf een gilletje van schrik. Ze zag inderdaad twee voeten onder de houten balk waar het huis op steunde uitsteken. De voeten zaten in een paar Zilveren Schoenen met puntige neuzen geschoven.

"O jee, o jee," riep Doortje wanhopig handenwringend uit, "het huis moet op haar gevallen zijn. Wat kunnen we doen?"

"Er is niets aan te doen," zei de kleine vrouw kalmpjes.

"Maar wie was ze dan?" vroeg Doortje.

"Zij was de Boze Heks van het Oosten, zoals ik al zei," antwoordde de kleine vrouw. "De Knibbelingen waren jarenlang haar slaven en ze moesten dag en nacht voor haar werken. Nu zijn ze eindelijk vrij en voor die gunst zijn ze je erg dankbaar."

"Wie zijn de Knibbelingen?" informeerde Doortje.

"Zij zijn het volk dat woont in het land van het Oosten, waar de Boze Heks de baas was."

"Bent u een Knibbeling?" vroeg Doortje.

"Nee, maar ik ben wel hun vriend, al leef ik in het land van het Noorden. Toen de Knibbelingen zagen dat de Heks van het Oosten dood was, hebben ze een snelle boodschapper naar mij toe gestuurd en ik kwam meteen. Ik ben de Heks van het Noorden."

"O hemeltje!" riep Doortje uit. "Bent u een echte heks?"

"Ja, ik ben een heks," antwoordde de kleine vrouw. "Maar ik ben een Goede Heks en de mensen houden van me. Ik ben niet zo machtig als de Boze Heks die hier de baas was, anders had ik het volk zelf wel van haar bevrijd."

"Maar ik dacht dat alle heksen slecht waren," zei het meisje, dat een beetje nerveus was geworden omdat ze tegenover een echte heks stond.

"O welnee, dat is een groot misverstand. Er zijn slechts vier heksen in het hele Land van Oz. Twee van hen, de heksen die in het Noorden en in het Zuiden wonen, zijn Goede Heksen. Ik weet dat dit waar is, want ik ben er zelf één van en ik kan me niet vergissen. De heksen die in het Oosten en in het Westen verblijven zijn, inderdaad, slechte heksen, maar nu jij er eentje hebt omgebracht is er nog maar één Boze Heks over in het Land van Oz en die leeft in het Westen."

Nu ook verkrijgbaar

Het e-boek: *De Laffe Leeuw en de Hongerige Tijger*.

De Laffe Leeuw en de Hongerige Tijger besluiten om de stoute schoenen aan te trekken en kattenkwaad te gaan uithalen. Ze praten over hoe ze mensen het beste kunnen verscheuren en hoe ze baby's willen verslinden. Zijn de inwoners van de Smaragd Stad nog wel veilig voor deze gevaarlijke beesten?

ISBN: 978 9082 1782 41

O_{zma} van O_z

"Natuurlijk moeten we in de kajuit blijven," zei ze tegen Oom Hendrik en de andere passagiers, "en we moeten zo gedeisd mogelijk blijven tot de storm voorbij is. Want de Kaptein zegt dat als we aan dek gaan we misschien wel overboord kunnen slaan."

Niemand wilde dát risicolopen, daar kun je zeker van zijn; dus blijven de passagiers dichtbij elkaar ineengedoken in de donkere kajuit, luisterend naar het krijsen van de wind en het kraken van de masten en het klapperen van de tuigage en ze probeerden te voorkomen dat ze tegen elkaar klapten als het schip weer eens heen en weer rolde.

Doortje was bijna in slaap gevallen toen ze werd geschokt door de afwezigheid van Oom Hendrik. Ze kon maar niet bedenken waar hij naartoe gegaan kon zijn, en aangezien hij erg zwakjes was begon ze zich zorgen om hem te maken, en vreesde dat hij misschien zo onvoorzichtig was geweest om bovendeks te gaan. In dat geval was hij in groot gevaar tenzij hij ogenblikkelijk weer benedendeks kwam.

Nu was het zo dat Oom Hendrik was gaan liggen op zijn couchette, maar Doortje wist dit niet. Ze wist alleen dat haar Tante Emma haar had gewaarschuwd goed op haar oom te passen, dus besloot ze om aan dek te gaan en hem te zoeken, ondanks dat de storm nu verschrikkelijker dan ooit was, en het schip vreselijk op en neer dook. Inderdaad, het kleine meisje kon zich maar met grote moeite aan de leuning van de trap vasthouden die naar het dek leidde, en al snel had de wind haar zo woest te pakken dat bijna de rokken van haar jurk scheurden. Toch voelde Doortje een soort van vreugdevolle opwinding bij het trotseren van de storm, en terwijl ze zich stevig vast hield aan de reling tuurde ze om zich heen en dacht dat ze door de grauwigheid de schim van een man kon zien die zich aan de mast, niet ver bij haar vandaan, vastklampte. Dit kon weleens haar oom zijn, dus riep ze zo luid als ze kon:

"Oom Hendrik! Oom Hendrik!"

Maar de wind krijste en huilde er zo waanzinnig op los dat ze nauwelijks haar eigen stem kon horen, en de man kon haar al zeker niet horen, want hij verroerde zich niet.

Doortje besloot dat zij maar naar hem toe moest gaan; dus deed ze een flinke stap vooruit, tijdens een luwte in de storm, in de richting waar een groot vierkant kippenhok met touwen aan het dek stond gebonden. Ze kwam daar veilig aan, maar ze had zich nog maar amper goed en wel aan de latten van het hok, waar de kippen inzaten, vastgepakt of de wind, alsof in een vlaag van woede over hoe het kleine meisje zijn kracht dorst te weerstaan, verdubbelde het plotseling woest zijn kracht. Met een schreeuw als van een boze reus tilde de wind het hok de hoogte in, met Doortje die zich nog aan de latten vast hield. Er omheen en er overheen tolde het, dan weer hier en dan weer daar, en binnen de kortste keren viel het kippenhok ver weg in zee, waar de grote golven het te pakken kregen en het hok gleed omhoog naar een schuimende kam en toen naar beneden in een diep dal, alsof het niets meer was dan een speelbal om hen te amuseren.